目まいのする散歩

眩晕散的步

［日］武田泰淳 著

田肖霞 译

上海文艺出版社

目录

眩晕的散步 /1

笑男的散步 /21

有存款的散步 /45

危险的散步 /67

错综的散步 /91

鬼姬的散步 /117

船上的散步 /141

安全的散步？ /167

卷末散文：感谢有个身体好的老婆 /203

特别附录：野间文艺奖获奖词 /209

译后记：武田家宇宙的另一半 /211

眩晕的散步

六月的早上七点，我被难得的好天气驱使，走出山间小屋。医生不让喝酒，而我只要喝了酒，就会想要逞强，脚步蹒跚地走出去。尽管完全没什么事要出门，我还是爬上院子的斜坡，来到大门外。虽然多少有些费劲，倒是没出现我一直提防的眩晕现象。我迈开步子，想走到公路那儿。还能走。公路是坡道，所以车子开过来的时候速度快，危险。过了公路，是个上坡，前方有座石山。前往石山的那段马路没铺柏油，地上到处是被雨水冲下来的石头。走到石山，隔着树海，远远的那头可以望见西湖[1]的几个村庄。石山的另一边是外国人的别墅，看起来没人住。外国人一家来这里的时候，当我在石山享受远眺之乐，他家那个视力很好的孩子便探出脑袋看我。他不知是觉得我好玩还是认为我可疑，会走近前来观察，让我没法保持镇静。所谓的石

1　山梨县境内的富士山脚下有五座湖泊，分别是本栖湖、精进湖、西湖、河口湖和山中湖。——译者注。本书注释均为译者注。

山，是坚固的岩石地层经过炸药爆破留下的部分，巨大的岩石破碎重叠，是一种异样的风景。位置较低的前方经过压路机碾平，挨着长满树木的河谷。不知为什么，那底下不长草，一大块熔岩平台径自裸露在外。从远方的低地吹上来的风让人愉悦，而且我总觉得这地方是一处特别高级的所在，心生畅快。我坐下来，像在坐禅。以前没这么做过。我以前认为坐禅这一举动有些做作，所以不愿意做，但此处无人瞧见，再一想，又不是真的在坐禅，我便自然地盘膝而坐，稍微挪了两三回屁股，随即端坐不动。我感到，这样坐，比平时一会儿伸腿一会儿并腿的坐法要舒服。富士山正耸立在我刚才上来的坡道的正对面。从我坐的位置，一点儿也瞧不见富士山。一开始，我是背对富士山而坐。不久，我站起身，感到一阵眩晕。我思忖道，果然被我料中了，出来一趟就不可能这么顺利（如果说思忖，所思的意义过于清晰，我的思绪要模糊得多）。我蹲了下来。身体仍然不稳定，晃得厉害，我索性就那么仰面躺倒。凹凸不平的地面躺起来并不舒服，我也无法确定自己的举止是否恰当，但我没有给别人添麻烦，而且这样做，对此时此刻的自己来说是恰当的。我闭着眼，感到周围变暗了，不过我的状态并不十分糟糕。

我觉得自己有些狼狈，想要站起身，但还是起不来。鸟鸣声一如往常。太阳也好好地照在身上。我有自信，再过一会儿就能恢复正常，于是我静静地躺着。

曾经被选上担任中央公论新人奖评委的，有伊藤整、三岛由纪夫，还有我，共三个人。那两人死了。一个是患了癌症病死的，一个是切腹自杀。一个是悄悄地、（在外人想来是）冷静地迎来死亡，一个是在晴朗的十一月华丽地死去，举世为之震惊，他自杀的那天让人久久难忘。有一次，我和人开玩笑地聊到，对我来说怎样的死法才好，我说，如果死法要和那两位不一样，那么该是被杀死，被刺杀，被处刑，或是以谁也无法察觉的方式被抹杀掉。尽管理论上是这样，但被人杀死的机会不可能落到我头上。此刻，当我意识到自己只是一味毫无痛苦地躺着，心头浮现出"恍惚而死"。"恍惚而死"，听着好听，其实就是痴呆死去。这样一来，对我来说非常轻松，无需挣扎。然而，我无论如何也不相信，像我这样的人能有如此顺遂的死法。深泽七郎[1]曾严肃地问我："武田，你死的时候

---

[1] 深泽七郎（1914—1987），作家，吉他手。处女作《楢山节考》获第一届中央公论新人奖，一举成名。《风流梦谭》引起右翼攻击出版社，他因此停笔流浪三年。1965年在埼玉县开设"love me"农场，1971年开了今川烧店铺"梦屋"。54岁时心脏病发作，此后一直病弱。

肯定不慌也不吵闹吧？"我答道："哪儿的话，我肯定会闹腾一番才死去。"

有只鸟，不知是**灰胸竹鸡**还是**绿雉**，发出响亮的振翅声飞起来，随即落下，传来它走在路上的脚爪声。我感到，我有办法向别人解释自己的病情了，就是说，我多少有点想要导演一番自己的病和死。我不擅长导演或表演，在这方面，我远不及三岛。因此，与我个人的意志或能力无关，而能够向导演或表演靠近，再好不过。

第三次或者第四次起身的时候，眩晕消失了，于是我从坡道往回走，刚走了十来步，又开始眩晕。我边走边尽量慢地把身子歪向左，歪向右。接着，我又蹲下了。这回没有躺倒，总算没事。我一口气穿过公路，到了路边树木茂盛的所在，又蹲下了。一辆坐了两名保安的吉普车驶来，往蹲在地上的我的旁边一停，其中一人下车问："您是来别墅吗？"我的衣着不像别墅的住客。说起来，我的上衣和裤子都像是当地的老头。保安一定是因此起疑，问我是不是来别墅。我笔挺地站起身，尽可能口齿清楚地答道："我是141号的武田。"说完，直到那两人坐上车，我一直注视着他们，像要反过来确认他们已上车，或是对他们加以审视。两人当中，我见过年轻的那个。我热衷于写《富士》[1]期间，有一头熊从院子经过（说不定，从那时起，我就产生了幻觉）。我老婆去管理处报告，当时就是那个保安，说了声"哦，有熊？"，但没加入猎熊。那段时间电视上正在播放浅间山庄事件[2]，这一带的别墅区也戒备森严，我想到，那个保安估计连一个大学生也抓不住。此时，我又感到一阵眩晕，但我不想让他们看出来，等到他们的车开走，才重新蹲下。从大门到我们的房子，这一路上，我不得不休息了两回。我坐在地上，胡乱地将伸手可及的杂草拔掉。因为我有些介怀，院子里又长了一堆需要拔除的草，显得乱糟糟的。

所有的事，终归会没事的。我像往常一样抵达这一结论。我还意识到，散步对我来说，其意味并不简单。

---

[1] 《富士》是武田泰淳创作生涯中较为重要的长篇小说，连载于中央公论社的文学杂志《海》（1969年10月号—1971年6月号），1971年由中央公论社出版单行本。小说的舞台是"二战"后期一所位于富士山北麓的精神病院。
[2] 1972年2月，联合赤军的成员逃窜到轻井泽的浅间山庄，挟持人质，和警察对峙十天，被击破。

在东京的时候，我散步的地方定在三处，明治神宫、武道馆和代代木公园。因为这三处都有停车场，里面没有车辆行驶，而且是没有坡度的平地。我左思右想，得了个好句子，或者说标题，"预先确定的散步"。因为，倘若将散步做广义的诠释，可以理解为人的命运从出生就是预先确定的，而且，既然居住在地球的某处，无论散步还是旅行，在空间上是预先确定的，其行动范围也终究是受到限定的。

上述三处，从我现在住的赤坂，开车过去最多十分钟。下车后开始走，便是无可挑剔的散步范围。

明治神宫有很多外国游客。我最初把明治神宫选为散步地点之一的时候，日本的参拜者和外国游客都数量寥寥，然而，每一年，其人数都在增加，在有些时间和星期天，外国人比普通参拜者还要多。外国人大多是团客，他们从有免费休憩处的参道[1]中途一连串地出现。外国女性的服装远远地就很显眼，去年多为红衣服，今年则是色粉笔的绿色，说不定，可以通过她们的服装预定日本的流行前沿。或许明治神宫被定为外国游客观光巴士路线的第一站。因为是第一站，

---

1 神社寺院的参拜路。

人们满怀上午的精气神，说话声响亮又愉快。

在站着保安的停车场（那地方有种肃然的气氛，让人担心能不能停，平时停驻的车也稀稀拉拉的），我们把车头正对前方，和其他车不留间隙地停好，然后下车。因为，以前从车屁股倒进去，被保安讲了。直到把车停好为止，我怀着一种紧张，因为要同时兼顾在岗亭里休息的保安，还有站在远处的保安。当然，我是来明治神宫参拜的，所以遵从了"仅限参拜者"牌子的指示。但我毕竟不光是来参拜，还有另一重目的，就是散步，我怀着享受散步的私心。我从自己穿过鸟居[1]时的腿脚情况，能够预测今天的状态是好还是坏。如果步子灵便地踩过砂石地，夹在高高的树木之间的潮湿的道路不断向后移动，就没问题。我来明治神宫，一次也没发生过眩晕，不过在回程穿过鸟居时，有过步伐沉重的情况。

我还遇到过独自一人练习走路的大叔。那人总是握着手杖，一步一步地走着，像在确认步子。他显然不享受散步，而是在努力确认自己能走多远。到正殿的路上，有两道通往御苑的门。那两道门在左手边，

---

1 神社入口的牌坊式建筑，木制或石制，象征着人间与神的领域的分界。

穿过谁都会停下来抬头望一眼的大鸟居，再经过耸立在石板路入口处的中鸟居，便到了正殿。中鸟居的旁边有洗手的清水池，那里总是一左一右贴着明治天皇和昭宪皇太后的和歌。每次看总是相似的和歌，其实每天都更换了不同的。老婆总是想要念那些和歌，从不厌倦。外国人不大关注和歌，他们像是在体会只有在这个东洋岛国才能看见的神社的"侘""寂"。还有比我更年迈、脚步更加蹒跚的外国女性。也有让外国老爷爷搀着走的外国老奶奶。让人震惊的是，居然还有个腋下夹着双拐的中年妇女，她在鸟居停下休息，正在踌躇，不知该继续往前走，还是该在这里等旅行团的伙伴。

有一次，我们瞧见一位有名的日本男演员，身穿俨然在宣称"我接下来要散步"的彻头彻尾的散步者的服装，由年轻的女秘书扶着，劲头十足地走着，像在跑。当然，我也有老婆同行，两人虽没有手牵手，却是形影相伴，看起来恩爱地走着。保安说不定记得我们。下颌有白胡须的男人和大眼睛的漫不经心的女人一同到来。所以，我有种感觉，当我们迈开步子，岗亭的保安便打电话通知正殿："来了。"

一想到正殿前的保安确认我们现身时的心理状态，

我不由得生出难受又欣慰的情绪。因为我怀疑，他们会以为我特别崇敬明治天皇；或者，我接到特殊命令，来视察保安的工作态度；又或者，这对男女中的一个是白痴或狂人，另一个则是作为护士或监护人陪在旁边。几乎所有的外国游客都带着照相机。我倾听他们的谈话，推测对方是哪国人。或许是我听错了，似乎来自社会主义国家的人较多。美国人和社会主义国家的人们，服装总有些不同。当然也有东南亚人。东南亚各国的语言不同，不过很难判断是哪个国家的。有一次，一群来自南美的水兵模样的人来参拜，他们的步伐和说话方式都特别活泼，让人感觉和这地方不协调。

我们的确是来参拜的，证据就是，我们一直往功德箱塞钱。据我判断，老婆随手摸了扔进去的钱，最少十五元，有时没有零钱，就会扔一百元[1]。十元硬币和五元硬币，哪个算我的，哪个算她的，我和她都不清楚。我们很少向社务所穿着巫女服装的少女买护身符和开光木牌。每次来，老婆都想买糯米粉做的贡品点心吃，但此地不售卖贡品一类的东西。我女儿喜欢

1　本书出版于1976年，根据武田泰淳妻子武田百合子的《富士日记》，那年一个桃子80元，一个鲷鱼烧50元，一块蛋糕120元。

巫女的打扮，一直想到神社打工当巫女，但还没遇到这样的机会。到了正殿，我们要不要多走几步，从后面到西式庭院，还是折回去，在休息处的餐厅吃点什么，要看我的身体状况。旅游大巴的候车室和神社的免费休息处挨在一起，外国游客们也到休息处买了果汁或冰激凌，喜滋滋地吃着。这里的餐厅算是面向社会服务的部门，卖的食物比其他餐馆物美价廉。冬天日照好，餐厅外面有个鸽群聚集的广场，我有时坐在广场的长椅上，也有些时候，我进到里面，占据阳光好的位置，慢慢消磨时间。我还把餐厅的椅子搬到玻璃门外，在阳光更足的地方落座。这样搬了两三回椅子，工作人员便提醒道："请不要把椅子搬出去。"于是我不去餐厅搬椅子，在最上面的台阶坐了，晒太阳。

在西式庭院，我想玩的时候，便在草坪间的水泥路上倒着走，练习腰腿和平衡。面朝前方倒退着走，是一种有意思的做法。有时候，也有些身体残障的孩子努力做这项练习。在年轻的男女老师、一心牵挂着孩子的母亲和姐姐的关注下，孩子们试图自由而矫健地挥动手和脚，走得跌跌撞撞。他们绝非我这般"失智""走神"的存在。他们挤出不顾一切的勇气，那模样让我也生出了勇气。说不上是勇气，那情绪在半失智的、徐缓的时间流逝中，像泡沫一样漂浮着消散。走得相对好些的孩子站在最前面，穿过院子，显得心满意足，开心地休息。家长和老师都因此松了口气。残障严重的孩子走着走着就摔了，走不了几步。当人们提高嗓门鼓励他们，也有些孩子反倒焦躁起来，绊了跤。在秋冬的阳光下，还有些妈妈让孩子光着身子戏耍。这些不是残障儿，是普通的孩子，但全身赤裸总是有些怪异。

"不容易。真能忍啊。"我虽然同情那些孩子，却不想变成他们那样。我如今成了一个半失智的文人，我并不喜欢眼下的境遇，但比起他们的残障，这算是适合我的，而且，我也不想一辈子陷入他们的状况之中。

我经常在这里碰见一对衣着寒酸的老夫妻。老太婆的毛衣和裙子都褪了色，脚踩木屐，鞋襻儿像是自己编的。他们每次来，都带着装有鸽食的袋子，在他们的周围，总有鸽群聚集。鸽子不断从远方聚过来，简直像要袭击那对老夫妻似的。我猜那对老夫妻一定住在和阳光灿烂的草坪迥异的阴暗潮湿的房间里，他们来到草坪上，终于有种无拘无束的感觉。给鸽子喂食，一定是他们仅存的自由，同时也是救赎。西洋庭院有块草坪，中间是条小溪，南北两侧缓缓增高，走到坡顶，上面建有一座看起来很坚固的石头纪念馆。我养成了习惯，每次都在纪念馆前的石头长椅上坐一会儿。从椅子上俯瞰草坪徐缓的斜坡，只见年轻男女躺在那里卿卿我我。基本都是女的坐在男的身上，俯身注视男人的脸，男人并不对女人感到厌烦，仿佛无动于衷一般，长长地伸展着双腿。我们不管喝得有多醉，都不会像他们那样，不过我既不觉得他们恶心，也不羡慕他们。画画的学生们由老师率领着，不太像上课的样子，边走边听老师的野外授课。园里还有吹陶笛的少女。她吹陶笛似乎不与人合奏，笛声在风中断续传来，呼呼作响。独自消磨时间的大学生（或考前班的学生）像是自我放弃般，把书本盖在脸上睡着。周遭过于空旷和寂静，反而不会有"啊，世间无事"的感慨，倒有种静静的骚动。女老师带着幼儿园或托儿所的孩子，嘴里衔着哨子，滴滴作响。无论哨子怎么响，任性的孩子们仍四处乱跑，然后摔倒。女老师的工作只要在结束前顺利带完孩子就行，哨声稍作停顿，又响了起来。在视线和听力所及之处，周遭充满一种调和却又让人的神经感到焦躁的喧嚣。这焦躁的神经，似乎是我从出生起就有的，是我与地球上的喧器保持连通的宝贵通路。仿佛有前所未见的硕大的蝴蝶或蛾子在地球上展开半透明的翅翼，缓缓翱翔，它摇曳的翅翼带着某种爱意，遮蔽了我的头顶。我改写了诗句："哦，世间无事，但……"[1]

"但神秘的喧嚣将永续。"蹲在那儿的女学生的陶笛声，以及幼儿园老师明快的哨声，都不再传来。

有时，我从西式庭院越过池塘上的石桥，从里参道绕一大圈，回到免费休息处。里参道两侧树木茂盛，几乎不透风，太阳从叶片间洒下稀疏的光斑，人影从远远的那头逐渐走近，这光景与表参道截然不同。明治初期静谧的木版画《文明开化东京新名所图会》中的一幅，人物由远到近，形体逐渐增大，而且整体上是静止的，那种不可思议的感觉很像里参道。正月和七五三节[2]，许多抱着孩子的年轻夫妇也都在表参道那边。

每当行人注视我，我便有一丝自省：在经过的

---

1 泰淳改写的是勃朗宁的诗歌，原句收于诗剧《比芭走过》(*Pippa Passes*)。1905年出版的上田敏译诗集《海潮音》中，节录了八句勃朗宁诗，改名为《春之晨》，此诗因此在日本广为人知。泰淳的句子与上田敏译文的语序稍有不同。
2 日本的正月是一月。七五三节是11月15日，如果家中有三岁的男孩女孩、五岁的男孩或七岁的女孩，在这一天，家长会带孩子前往神社祈愿。

人的眼中，我看起来是怎样的呢？一定是个有着白色络腮胡的人。但对方肯定发现不了，我时常晕眩。在御苑里，不断有人和我在窄窄的通道上擦肩而过，其中还有些外地来客露出讶异之色，更让我有这样的想法。菖蒲、杜鹃、红叶、菊花，各种植物的盛期，御苑一向拥挤，人最满的是菖蒲的季节。游客们依次按一二三组分组入园，每个人都晒得黝黑，像是来自农村，有时第八组落在第十组之后。被后面的人一推，就会挤到前面的人，没时间细看菖蒲的花色，但因为是既定的游览路线，便只是老老实实地听着举旗的工作人员的引导。有位老人盯视我的脸，说了句什么。接着，他身旁的中年女人仿佛赞许地点了下头，盯着我的脸看。我暗自猜测，他们在嘀咕："有个长得像乃木将军[1]的人，不愧是明治神宫。"接着我立即否定了自己的猜测，这么猜可不好。"将军"这一存在和我的本质完全南辕北辙。前将军——身负战功并活下来的伟人——是出于怀旧来瞻仰明治天皇的人。思绪由此飞跃，联想到夫妻双双履约自杀的乃木将军。这样一来，和我走在一起的女性不就成了乃木夫人吗？我

---

[1] 乃木希典（1849—1912），陆军军人，以其在日俄战争中的表现著称。他在明治天皇的葬礼日与妻子一同自杀。

在赤坂的公寓，不远处有乃木坂，还有乃木神社。那地方曾经住过切腹自杀的人[1]，本该让人感到不太吉利，不过，乃木会馆门口几乎不见葬礼或法会的通知，而是贴着婚礼双方亲家的通告。乃木大将，或称之为前将军。我并不讨厌这等人物。但我并不是为了扮成他而蓄起白胡须。我完全没兴趣为了与他人肖似而改变自己的容貌。首先，我装了假牙，面部表情总是僵硬，无法自控。发病以来，我确实感到，我成了另一个自己。一定是在眩晕持续期间，我在自己都没意识到的时候变了身。因此，不管别人怎么判断我，不管我怎么想要反抗他人的判断，我的反抗本身就是一种半失智的状态的呈现，所以，我的变身，一定是无法捉摸的。

我这个"前将军"的爱妻一靠近餐厅，马上变得劲头十足。吃冰激凌？葛凉粉？味噌拉面？天妇罗荞麦面？还是要桃红色的草莓冰激凌和豆沙色的小仓冰激凌？不管选哪一个，出了餐厅，接下来就是坐上车回家。

为了出门去走一趟有时眩晕的散步，上午十点或十点半，就得坐上车。今天去武道馆吧。这样决定的

---

[1] 乃木神社并非乃木宅邸。乃木宅邸位于乃木公园内，在神社旁。

瞬间，眼前浮现出通往武道馆的道路，上下坡多，有许多车来车往。我原本是为了离开日照不好的公寓房间晒晒太阳，才选择北之丸公园、武道馆那一带。公园停车场的大叔问："您去哪里？"这时必须回答"去公园"，如果回答"去武道馆"，就得停到另一处停车场。从停车场到武道馆之间，是一条沿路摆着长椅的小路。首先要确定，在哪个椅子落座。不谈夏天，冬天里，对于想要晒太阳的我们来说，所有的椅子都在正对着风的位置。我有时会感到焦灼，就这么坐在这里消磨时间，有什么意思？但更多的时候，我会整一下厚毛衣或硬邦邦的外套衣领，想道，日光浴好开心啊，我们两口子能这样一起晒太阳，运气真不错。从春天到夏天，那条路两边的花坛开着各种花。有许多狗被主人带来散步。没有主人的狗以独行的姿态边走边小心地寻找吃食。有时，脚步匆忙的年轻男女身体往前倾，为了某个目的大步走来。他们急着赶路，是为了在科学技术馆召开的服装面料促销会上多买哪怕一件少见又便宜的东西。他们身上的服装都款式稀奇，又充满个性，不仅如此，看起来他们仍在竞争，想要找到更加少见和便宜的。科学技术馆旁边停着卡车，大学生模样的打工者正从车上把装有促销品的纸箱往下扔。

武道馆刚建成的时候,水泥墙的颜色崭新,显得生硬,如今就像京都或奈良的名胜古迹,旧成了一道风景。武道馆周围飘荡着某种氛围,仿佛随时会有穿黑色立领制服、肩膀胸膛胀鼓鼓的学生们互相说"早!""学长好!"和那气氛格格不入,在成为歌谣大会会场的武道馆入口,热心的观众排成长列,电视台的转播车在人群之间,显得既骄傲,又谨小慎微。

北之丸公园的草坪上,矮灌木的阴影背着风,在我们走到那儿之前,已经有一两个年轻男人像是占地儿似的躺在背风处。人人都喜欢吹不到风的暖和的所在。穿过围绕武道馆的旧石墙、有历史的白墙、粗木柱建造的楼门,便是九段坂的坡顶。这处被护城河围绕的角落,是近步二(近卫步兵二联队)的兵营旧址。我作为穿西装的平民接到征兵红纸,"被欢呼声送着"勇敢地入队,就在同一个地方。军号声响彻四周的黄昏,同样被征兵的报社记者带着不安的思索表情,俯瞰护城河。"如果想要逃走,就得过这条河。"他喃喃道。军服在他身上显得无力又肥大,他的自言自语完全呈现出肉体的脆弱。报社记者看起来毫无防备,是个与"武"无缘的弱者,就像一只全身的毛被拔掉的光溜溜的家畜,或是单单等着被人吃掉的肉用兽。至于我自己，当时我的脑海中全无"逃走"这一冒险行为。如今，在那片对着护城河蓝黑色水面的陡坡上，春天开着菜花，夏天长着颜色鲜明的青菜。

我曾经战战兢兢出了"卫门"，被"卫兵"吼着往下走，底下是与坡道垂直相交的宽宽的九段坂。如今，这条路车来车往，很难穿过。人行天桥需要走上走下，而且，从桥上往下看，景色中充斥着金属和动力，有毒的尾气蒸腾而上，对我这种不时眩晕的男人来说，走天桥着实有害健康。离天桥不远的电线杆上贴着印有三岛由纪夫照片的传单。照片上，他年轻的脸庞大睁着眼，像在诉说什么。几张传单中的一张脱了胶，背面朝外。尾气的风吹在那张传单上，上面还有前夜的雨痕。没有一个路人注意到那张传单。看起来，比起"忧国忌"[1]的激烈主张，饱含烟尘的空气的流速要快得多。然而，对我来说，那张褪色的传单忽然唤起几分亲切。在白昼炫目的阳光下，往来于坡道的学生和上班族目不斜视，脚步毫不停顿。然而，有着三岛头像的宣传单由于三岛之外的人的意志被贴在这里，又即将被风吹走，让我感到畏惧。

---

1 在三岛由纪夫的忌日（11月25日）举办的追悼活动。

笑男的散步

在发病前，我就经常去神社。尤其在樱花的季节常去。朋友夫妻和他们的女儿，我们夫妻和女儿，两家一道去看夜樱，我对这事上了瘾。两家的女儿那时还是小学生，买了关东煮和炒面来吃。说到神社，总有种特殊的含义，很难单纯觉得是"玩儿"，但只要习惯了，也就是个普通的游玩场所。比起明治神宫，此地要小得多，没有"侘""寂"之趣，附近的市民和外地的团体匆匆忙忙地涌来，那情景反倒让人安心。明治神宫没有樱花，这里有特意种的樱花，标明了是为了纪念什么战争而种的。在春天的大祭的日子，我们在鸟居附近遇见和我老婆相熟的旧货店老板。那天是他和从前的战友的聚会，老板担任干事，显得矍铄。看起来另外还有好几组幸存者的集会，干事们等在神社附近，举着小旗子，上面写着部队和小队的名字。他显然很开心，说道："今天大伙儿一起吃饭，明天去箱根。"我老婆震惊道："你居然认得出旧同伴呢。"他答:"当然。"

某部日本的色情电影有这样的情景:在神社聚集的战友会成员之一,在神社附近的旅馆和女人做爱。男人尚未满足,女人便离开他,去接下一位客人。奇妙的是,骚动又匆忙的邂逅,十分合适神社。明治神宫的幽玄气质在此消失不见。

穿过正面的大鸟居,一路踩响砂砾,沿着高高的银杏树走去,右边有个设计古怪的喷泉,叫作"母亲之泉"。银杏树的背后排列着樱树,一直延续到茶屋[1]附近。过了茶屋,樱树延伸到道旁,以同样的间隔、同样的高度开着花。走到这里,除了茶屋,不见长椅,于是我们只能向右转,经过纪念馆,继续往深处走,到柳枝飘摇的池畔落座。小池塘有着极为窄细的小巧形状,举办茶会的时候,穿制服的学生或和服女子负责接待,站在池畔的茶亭前,而我们坐在栅栏外的长椅上望着他们。纪念馆门口摆着战死骏马的铜像,日俄战争时期的大炮。炮身上泛起历史悠久的绿锈,遇上大祭之前的日子,工作人员便仔细地擦拭炮身。

自从我开始去九段坂上某建筑六楼的按摩师那

---

1 提供简餐和饮品的店。

里，每次治疗结束，我们便去神社散步。老婆把那名按摩师喊作"中师傅"。有名的"大师傅"在世田谷拥有一座大宅，等着治疗的人实在太多，于是我们便改去找其弟子"中师傅"看诊，这边的治疗室的氛围和"大师傅"如出一辙（还有一位被称作"小师傅"的中年女子，住在高井户。老婆因为汽车追尾事故的后遗症，有时疼得厉害，紧急的情况，便临时去"小师傅"那边）。

我没见过"大师傅"和"小师傅"。但我确实曾经乘电梯上到"中师傅"的治疗室，等轮到我，然后在流淌着古典乐的房间里趴着或躺着。治疗开始前，我脱去外套，松开皮带，拖着步子走到"中师傅"前，恭恭敬敬地鞠个躬。"中师傅"也回鞠一躬。接着，他从裤兜里拿出一方手帕，放在我待会儿安放脑袋的位置。"肌肉很紧张啊。""你的身体可是在狠狠生气呢。""你这样还会再发作高血压。""你就做你喜欢做的。偶尔喝一堆白兰地也没事。"像是安慰又像是劝诫的话语从"中师傅"口中道出。不到五分钟，只听一声"好了"，我正打算立即起身，那边提醒道："别起来，先躺一会儿再起身。"我起来以后，跪坐着行礼，然后拖着脚步往回走。回到沙发，我系好领带，穿上外套。接着，我从六楼的高度往下眺望神社。

此处没有候诊室，整间治疗室是一处犹如宽敞道场的空间。因此，能看到其他患者穿衣整顿，以及他们在治疗时的谈话和态度。盛装的女子卸下和服腰带之后重新穿衣整顿，有几分冶艳之感。还有些女性装扮得无懈可击，化了浓妆。有位公司老总告诉我："治疗后，最好歇会儿。"也有人对我说："我们都是久病呢。不过，让师傅按过，舒服多了。"还有一对有名的老学者夫妻也来了，他俩都在接受治疗，两人各自拿出日记本模样的小册子，相互说："你这个月第三次了呢。""不对，只有两次。""我这边的记录是对的。"说着，用铅笔仔细地写下标记。不管是为了付此前的治疗费，还是为后面的日子做预约，夫妻俩必须商量清楚。感觉老太太看着头脑清晰，说话也爽利。老学者和我算是认识的，彼此会打招呼，但我们打招呼也有些含混不清。

有时，一个小学生模样的少年被母亲带着来。身体被触碰时，少年怕痒，嘻嘻直笑。他的母亲讲了病情，"中师傅"答了几句带着暗示的话。他的嗓音低沉，我听不清，不过，暗示的言辞，听不清反而效果好。在治疗室等待的主妇们把脑袋凑作一堆，聊得起劲。还有个老婆婆，说是做了各种各样的治疗，都没有效果，最终来了这里。有时，也有穿着潮流服装的美少年美少女，亲热地坐在一起，读少女杂志。看起来，他们不像会为病痛所苦。整体上，患者们并未显现生病的苦楚，但总隐约呈现出久病带来的不安。

有时，老婆说："也给我按一下吧。"不论什么治疗，在她身上总是立即见效。大、中、小师傅的任何一位给她做按摩，治疗一结束，她便神采奕奕。据说，她的脊椎的第几节和第几节发生了错位，师傅"哎"地一声喊，用力下压，错位便复原了。她曾在禅宗的本山让蓄了长发的僧人做指压，效果同样明显。

来六楼的患者当中，除了我们，似乎没有人在回程去神社散步。再者，接受过带有心理效果的暗示后，还往神社功德箱扔钱再回去的人，可说是绝无仅有的。指压师给予的心理效果和神社赐予的心理效果孰优孰劣，我从未放在一起考虑过。我们只不过是自顾自地去散步罢了。指压师那边，给出暗示的那位留着由井正雪[1]那样的长发，面庞雪白，看起来像书道或花道的

---

1 由井正雪（1605—1651），江户时代前期的日本军事学家，曾纠集浪人，试图推翻幕府，史称庆安之变。因有人告密，计划泄露，由井正雪被包围并自杀。

宗家，按摩的时候，他向接受暗示的一方确认，今天的确按了脖子，按了腰。而神社这边，在心理上有诸多复杂和模糊的因素，不过看起来，每个参拜者有其清晰的目的。

正月初次参拜时遇见过亲戚，一家玻璃店的老板。他的店在神田站跟前，走过来不远。宽肩矮个儿的他是个特别勤劳的人，每次见面，他总要哀叹最近的年轻人不好好干活。"我年轻那会儿，干活可带劲了，都没时间玩。"他的长子和我一样进了近步二，当了军官，战死在南海的岛上。玻璃店深处的一个房间里，一直为他家的长子摆着供饭。店主的老婆像对活着的人说话似的，殷切地说："信一，吃饭吧。你喉咙渴吧，肚子饿了吧。多吃点。"我们相遇那次，玻璃店老板拿着从神社请的破魔弓，开心地和我打招呼。我也买了响箭，正在回去的路上。听说他为死去的儿子捐了一大笔钱，所以被额外允许在内殿参拜。

有关靖国神社法案[1]，各方意见论战不休。我知道，送到我这里的基督教杂志，尤其是新教的进步派，对

---

[1] 1964 年，自民党内阁提出由国家出资管理靖国神社。从 1969 年到 1974 年，历经数次讨论，方案最终被废弃。

法案表示了激烈的反对。净土真宗的两本山[1]也直接对法案加以反对。不过，在正月和大祭日都来参拜的玻璃店老板，看来是以他本人的意志必须前来，与这些法案不相干。他那个毕业于商业学校的长子，是个聪明、温和又和善的青年。我也认为，他作为商店的继承人，是个无可挑剔的青年。他刚到近步二的时候，我去看他，他有些畏惧地小声说："军队真是个可怕的地方。"那样子仿佛怕人听见并难为他。过了不久，他再来我家，腰上挂着气派的军刀，瞪着我道："左翼的家伙真烦人！中国的民众抗日，说到底是因为日本左翼在煽动！"他说那番话的口吻，看起来若有个什么，他就会用刀砍我。玻璃店老板一家始终相信，他们优秀又孝顺的长子总有一天会回家。一名生还的部下目睹了他在南海孤岛上最后的模样，他把军刀举在头顶，前去突击。那名部下去玻璃店告诉了他们，所以他们知道这些。不过，或许那名部下是为了安慰玻璃店老板一家，才讲了自己并未目睹的情形。

无论是去神社参拜的时候顺路，还是不去神社，我都会去千鸟渊的河堤上散步。河边通风不错，一侧

---

[1] 位于京都的西本愿寺和东本院寺。

排列着医院、宾馆和某些国家的大使馆，没有挤挤挨挨的人家，可以愉快地散步。还能看到没人用的马厩，现在貌似成了车库。道旁的樱树俯瞰着护城河，东京都中心地带少有的清爽空气从路上吹过，可以望见武道馆翘起来的大屋顶和顶上的金球。游船码头比路矮一截，那跟前竖着牌子："禁止破坏草木""禁止捕捉护城河的鱼"。有时，河里的鱼死了漂起来，工作人员用手捧着死鱼银色的肚子，一脸困惑地盯着鱼看。我找到一处长椅坐下，能同时望见护城河不透明的蓝色河面，以及横在那里的灰白色高速公路。说起来，我们住的赤坂的公寓也在港区，算是东京都中心。皇居当然是东京都中心吧。从郊外四面八方通往东京都的高速路全部集中在皇居附近。

我看了名为《日本沉没》的东宝电影。在电影的故事里，有一幕，皇居附近避难的居民冲到一座紧闭的御门口（为了将来可能发生的大地震，赤坂见附居民的避难场所被指定为霞之关国会议事堂一带）。蜂拥而来的难民围绕着石墙，钉着门钉的御门像墙一样阻挡在前方，而且警察戒备森严，于是在银幕上，他们又被赶了回去。群众选择皇居，只因那是唯一能拯救他们的。倘若被唯一的救世主拒绝，就只能回到地狱的火中。电影结束的时候，皇族中的一位已离开日本列岛，在非洲（没有点明是在非洲的哪里）避难，另一位则在瑞士找到了安身之所。不论是电影还是未来的避难计划，很显然，东京都中心会演变为骇人的光景。首先，我们日常乘坐的蓝鸟轿车，不管是行驶在高速公路上，还是停在停车场，它显然都会喷火。轿车的火与别的火撞在一起发生爆炸，是必然的。尽管如此，我姑且认为，在我活着的时候，不会发生这样的非常事态，我被爱车载着，半是兜风半是疾行，抵达散步的所在。

战后，在千鸟渊旁边新建了无名战死者纪念碑。棺材形状的纪念碑是由新的建筑家设计的。或许是因为战后的那段时间，人们觉得不好去神社参拜，所以设了另外的这处参拜场所。如今，参拜者大多去了神社，这地方总是静悄悄的。画油画的女生无人打扰，专心致志地挥动画笔。旁边有个收费献花的摊子，因为没人管，可以免费献花。我们在冬天选择向阳的长椅，夏天选荫蔽处的，年轻的主妇带着小孩来玩，比我们坐得更久。大概她在丈夫下班前有大把时间，也没什么急事。于是，她指着自己和小孩的衣服还有周围的花草，慢悠悠地做色彩训练："黄色是这个。红色是哪个？呀，错了。"周围没有茶屋也没有小卖部，清静得很。我和我老婆，有时女儿也一时兴起跟来，在武道馆的小卖部买了便当，在纪念碑旁边吃，没人管。

每到这时，我们的惯例是，吃完便当，回到北之丸公园，在那里买冰激凌品尝。特意用品尝一词，是因为，那间小卖部还卖炒面，一尝之下，炒面的味道有点古怪。做炒面的看起来是个打工的大学生，他"滋啦滋啦"地做着炒面，说："我没做过这个，味道如何？有点怪啊。不过无所谓啦。"

北之丸公园也有池塘。还有宽阔的草坪。不过，草坪长期挂着"草坪养护中，请勿入内"的牌子，直到夏天来临，草坪变得青翠茂盛。能进到草坪的只有从小卖部门口到池畔的一块区域。只见附近的大学生逃学过来休息（也有几个学生由老师带领，在草坪上或走或坐，像是在上什么课），运动部的学生大声喊着号子，做着练习。他们专心练广播体操的地方，竖着"请勿进入树丛"的牌子。如果走到写着"请勿踩踏草坪"的地方，会挨骂，但是写着"请勿进入树丛"的地方，似乎就可以走过去。一直有日结工模样的人在劳动，照顾树丛和草坪。那是些比打工的大学生年长的男女，打扫的动作娴熟。其中有几个，大概是觉得其他人都在公园里玩，只有自己在工作，很没意思，他们把垃圾桶里的东西倒进手推车，摘掉毛巾和草帽，故意高声笑起来，毫不在意路人。普通的公园散步者在经过时避开那群老腔老调的工作人员。还有工作人员忙碌地驾驶着像是耕地机的漆成红色的铁家伙。警卫无声地骑着自行车，如果发现需要提醒的人，就小声开口。

池塘那边有个日本庭院风格的院子，写着"七点以后禁止入内"。石头砌成的小道弯弯曲曲，树影落在路上。路的尽头也设有长椅，坐在那儿可以俯瞰护城河。樱花季节，樱花瓣飘落下来，护城河对面是连绵的花堤，那景色美极了。

不论在哪里散步，不论坐在哪张长椅上，生病以来，我一直是似笑非笑的表情。我有了一个习惯，每当要表达，便发出不清晰的"嘿嘿"，如同笑声。因为没有别的办法，我便用"嘿嘿"作答。老婆说了一句厉害的话："你看起来像在笑，其实你没有笑，就是长了一张这样的脸。"譬如，当老婆问："我有一天也会死。真讨厌。我会在什么时候死呢？"她的表情一点也不像会死掉，这种时候，我便以似笑非笑的表情回答"嘿嘿"，姑且算是最稳妥的。

当我带着这副别无他法才选择（不得不选择）的表情散步，在明治神宫或神社，我整个人还是散发出太多的不必要的意义，有时让我自己心力交瘁。如果在代代木公园，又如何呢？

代代木公园和明治神宫背靠背（或者肚子贴肚子），就像一个肉体的正面背面那么紧密相连。但如果只去明治神宫，或只去代代木公园，就很难了解那种接近。代代木公园有多个入口。我们总是去西边停车场的入口。即便在星期天，如果上午来，这个停车场也比较空。

一早就开车来的，是带了时尚模特的摄影队。杂志的卷首彩页女郎和服装模特穿着格外显眼的衣服，迅速补妆，理一下短裙。和模特相比，摄影师和助手的动作显得拖泥带水。模特这一职业如今十分兴盛，但我以为，这是份完全没意义的工作。她们刻意保持纤瘦，一脸惨白地站在那儿的模样，让我想到为文学憔悴的作家（也就是我们），不由得心生悲哀。听说社会主义国家也有模特。人们并不都以为，模特是个赚钱的职业，模特是由轻薄之人担任。不过，在六本木附近，她们从公寓或高层住宅出来，等着被拍摄，那模样远离日常，以至于让人忘记，即便模特消失，世界的运转也不会有什么变化。哦，作家也一样，即便消失……

从停车场出来是一道徐缓的草坪斜坡，即便尽可能慢地爬上去，步伐仍然变得沉重，我开始感到眩晕。就算我选另一条远路，从平坦的停车场边上走到公共厕所旁，再上台阶，到公园的游览道，仍会头晕。顺利到了坡顶，便是自行车道。自行车道以浅红色区分，每到星期天，孩子们愉快地骑着租来的自行车。老婆总是在离此地最近的小卖部买杏仁百奇饼干。那是用面粉烤制的极细的棒状饼干，咬着吃，咔嚓咔嚓地响。小卖部由母女俩打理，没见过那家的男人。除了自行车道，还有普通的步道，绕公园一周。

公园内没有故意骚扰散步者的无赖少年。似乎来享受公园的只有老老实实的市民家庭。我们也自认为是本分的市民的一员，所以能够融入他们的心情，恰似融入自然。一开始，我们向左兜圈子绕着公园走，后来改成向右兜圈子，光是换个方向，风景就变得不同。譬如，在公路尚未建成的时候，我们开车从赤坂前往富士山的小屋，去程走甲州街道，沿着富士急行铁路，从大月到富士吉田，再从富士吉田进山，抵达目的地。回程则习惯从富士吉田到山中湖，越过笼坂山顶,到御殿场,穿过箱根,走国道一号线回到赤坂。偶尔,我们会反一下,去程从赤坂走国道一号线,穿过箱根,出御殿场,过笼坂山顶,走山中湖,由富士吉田到小屋。回程则从富士吉田到大月,走甲州街道回赤坂。这一来,周遭的景色左右相反,感觉像把身体拧反了似的(这是驾驶国产车的老婆的感觉,我仅仅是坐在车上被带来带去,只有搭车的感觉。倘若坐外国车,按照外国的交规行驶,或许会有同样的错觉。就连散步,路线也够多的,半失智状态的我只想要顺利抵达目的地)。

自行车出租行的大叔很严格,一直在训斥孩子们。确实,孩子们没有时间观念,骑上自行车就玩得不亦乐乎,不在意租车还车的时间,很难管理。因此,无论租车行老板是否乐意,他都被放在像是不停发号施令的总理大臣的位置。

去明治神宫散步有十年了,这才头一回去代代木公园。一名女记者提议:"代代木公园也不错呢。我家住得近,星期天常去。草坪很大,绿油油的,可好了。"我想象了一下,单身的她是一个人去,还是跟男性朋友们一道。但我还没去过那个公园。那里原来是美军宿舍,宿舍拆除后,又迎来了东京奥运会的选手们。那里似乎还是朝日新闻社的访欧飞机起飞的地方。来我们家干活的木匠大叔住在与代代木公园隔一条马路的香烟店背后。"傍晚干完活,去澡堂,回家的路上去代代木公园,树下凉凉的,可舒服了。夏天的时候,我每天都去。"我们每次去明治神宫,老婆总是翻来覆去地说:"我想去一回代代木公园。"我去明治神宫就够了,没想过寻觅新的散步地。

去了一看,原来如此,公园设计得很容易走。还有年轻人肩上挂着便携式收音机,边走边放音乐。大树的树荫下有合唱团在练唱。合唱团的指挥挥动双手,他的地位不同于其他歌手们,显得责任重大。新兴宗教团体齐声唱着"勇敢前进"。年轻人们三四人一组弹着吉他,在他们看来,那群过于认真的人傻乎乎的。如果按逆时针方向环绕公园,我们会经过自行车出租店,慢慢走过保护野鸟栖息的"保护区",在每次都去的孤松下的草坪上休息。至于说到我们的心理状态,为什么会选择在那里休息,是因为那处隆起的草坪即便在冬天也生着稀疏的草,遮住了地面,而且在那里可以自然地观察都有些什么大人孩子走在水泥散步路上。有时,像是非洲留学生的留着短卷发的男女摇着屁股,目不斜视地做竞走练习。我们躺在草坪上,马拉松选手一次次默默地跑过我们的跟前。年轻保姆带着幼儿，每当孩子摔倒，她就慢慢将孩子扶起来，她做这些是在履行义务，显得毫不担心。骑车道上还有金发的外国少男少女在跑步。

除了走铺设的漫游环道，还可以穿过稀疏的林子，自由地横向或纵向穿越宽阔的草坪。公共厕所的数量有点儿多，厕所里必定有长凳，于是总有青年把衣服脱了扔在长凳上，在那里休息。除了靠近停车场的小卖部，偏僻处也有小卖部，人影稀少。在公园里兜圈子走着走着，忽然就有不知从何处来的散步伙伴加入，由此可知，公园有很多入口。

我们在劳动节的上午也去了公园，因为明治神宫前禁止通行。之前有一次，北之丸公园也曾禁止通行。我们原打算去北之丸公园散步，正要在停车场停车，那地方驻扎了一群警察，质问道："陛下将莅临北之丸公园，您要去哪里？"我说："我要去北之丸公园，那我走吧。"警察说了声"不好意思"，恭敬地举手行礼。学生游行频发的时期，从涩谷一直到代代木都站着警察，我们的车被拦了。据说老婆独自开车的时候，还曾被要求打开后备厢检查。但有我在车上的时候，因为我是个老头，很快就被放行。

劳动节当天，莫名地有种嘈杂之气。音乐也格外热闹。不过，代代木公园内没有参加劳动节的人。青年男女们怀着明确的目的，等待集会和游行的时刻，他们在公园的栅栏外。

有个年轻女人用扩音器向参加者呼吁，她具有穿透力的嗓音也在栅栏外。栅栏内外的氛围截然不同。有一次，我看到一个学生翻越停车场栅栏，奔进公园，用满身的杀气将公园和缓的空气搅乱，像被什么人追着似的跑了。此外，我不曾在公园接触过杀气。关于音乐，流淌在公园内外的流行乐没什么不同。那音乐愉快而模糊地随风而去。

映在笑男眼中的风景，就如同我即便不想笑却在笑着，一切都不负责任且漠不相关地延伸开去。浅白色的光线中充斥着听不清的声音。"傻瓜！""没用的！"这些骂人的话也不再是骂人的话，而像是神的批评一般，无差别地落到我们人类的头上——会这样想，是我这个失智人的恶习。

以顺时针方向绕着代代木公园兜圈子的时候，我们遇到了苏联人的家庭。在我们走去的方位，传来朝气蓬勃的外语交谈声。一个有着桃色的红润皮肤的年轻男人正在喊走在前面的外国小孩。女人们安静地走

笑男的散步

着，一头闪亮的金发。丈夫当中高个子的那个正在提醒骑自行车的孩子，矮个子丈夫回过头，仔细地打量我这边。男人们都没有穿外套，他们的胸口和胳膊都长着浅色的汗毛。而我在秋冬乃至春天都戴着黑色毛线圆帽（也有点像俄罗斯的小皮帽）。我有时穿外套，有时围着围巾。因为我比一般人怕冷。这些从寒冷的北国、辽阔的社会主义国家的某处被派遣而来的男人们疑惑地扭头看我。被他们扭头一看，我不由得一惊，尽管我不过是个普通的散步者。我去过苏联和中国。在这些社会主义国家，也有衣着畏畏缩缩的散步者。在充满活力的街道上，他们显得与人疏离，沉浸在思绪中。即便有社会保障，年迈的散步者不论男女，都无法成为劳动者的同伴，显得寂寥。我是从什么时候成了这般让人感到可怜的散步者的一员呢？我隐约察觉，他们正在秘密低语："资本主义国家对老人的保障不充分，所以这人来这里消磨时间吧。"或是："这家伙是幸存下来的日本帝国主义军人，或者是间谍。总之，要留意观察。"在他们身后，作为一名假尾随者，在我混沌的头脑中，他们的对话仍在继续："既然他在尾随，我们也装作在玩，让他跟着吧！他可能是日本政府的走狗。不过如果是走狗，他的变装可真拙劣。

还粘着假胡子。"就这样，苏联人连续三四次扭头看我们，我们两口子因为和他们一个方向，始终走在顺时针的路上。"和他一起的女的，眼睛好大，是个漂亮女人啊。不过，那个老大爷是个讨厌的家伙，让人没法说他可怜。"倘若他们聊的是这些，也行。

漱石[1]患上神经衰弱，一直感觉自己被秘密的国家工作人员监视着。明治与昭和，时代大为不同。不过，让作家陷入神经衰弱的原因似乎没有太大差异。如今的我逃脱了神经衰弱，往失智的方向走。与明治的漱石不同，我除了感到有人在监视自己，还会以为自己或许接了监视谁的任务，因此有种紧张。根据存在于远方某处的陌生机构发出的命令，我的一举手一投足，所有的行动都被操控着。我会涌出这样的妄想，尽管只在某些瞬间。但凡有间谍电影，我都会去看。《虎胆妙算》[2]我也在电视上看了。或许我在不知不觉间受到这些间谍电影的影响。有一次，在我的公寓跟前，擦肩而过的小学生机灵地说："这种地方经常住着间谍

---

[1] 即夏目漱石（1867—1916），作家、教师、评论家。著有《我是猫》《哥儿》《三四郎》等。
[2] *Mission: Impossible*，1966—1973年的美国电视剧。日本由富士电视台从1967年开始播放。

呢。"说罢,那孩子用不像个孩童的锐利眼神盯视我,走了。

间谍的命运以悲剧告终。我可以在此断言,我多半不会陷入间谍的悲剧。绝不会。从明治神宫散步回去的路上,会经过防卫厅。不光是防卫厅的正面,我们的车驶下一侧有长围墙的陡急坡道,绕到防卫厅的背面。因为如果不绕过去,就没法到我们的公寓。被混凝土围墙围住的那一带静悄悄的,而且正门和侧门都有警卫。由于学生们的游行,墙头上张着铁丝网。防卫厅的工作人员专用的邮局(叫作防卫厅内邮局)也曾被木板挡住。那间邮局正对着马路,人一向很少,所以我老婆爱去。有时,在防卫厅上班的人穿着他们像军服的制服,开心地查询存单余额。还有年轻人用红色长途电话长时间地做关于土地买卖的指示,不知是打给老家还是房产公司。午饭时分,穿便服的厅员们三五成群,悠闲地走向街上的餐厅、鳗鱼店、中华料理店[1]、寿司店、天妇罗店和咖啡馆。每当见到这番光景,我便想:"还好我没成为间谍。首先,我也当不了间谍。不过,那真是份艰难的工作啊。人为了钱,

---

[1] 并非中餐馆。通常有麻婆豆腐饭、炒面等,口味经过日式改良,走大众化路线。

或是爱国心，或是家里有什么复杂的缘故，不得不接下那样的任务，从此便无法摆脱间谍的宿命。漱石真的想到了这些吗？自己不用当间谍，仅此便足够幸福了。"

有存款的散步

上小学的时候，我把父亲给的零花钱攒起来，存入邮政储蓄。初中和高中时代，我没怎么存钱。在初中，我被喊作"武田笑嘻嘻"，高中的伙伴们喊我"武田有声"。笑嘻嘻，意思是我总是笑嘻嘻的，不知道我在想什么。有声，则是在英国老师的英文课上，我用跟着唱片学会的发音，像英国人一样念课文，其他人都很想吃吃发笑，他们觉得我的发音就像有声电影一样。即便在身为"笑嘻嘻""有声"的年代，我也想当个有钱人。我哪里想得到，一个笑嘻嘻的人，一个像有声电影的人，正是通往富裕的道路。我当时想的是，没钱不行。纯粹是受了父亲的影响，我觉得节约很重要。

战后没过多久，我学会了卖稿子赚钱。我拼命地写。可我一直没能有存折。我写了很多，但在邮局或是银行都没能存上钱。住在神田的印厂兼房产中介的三楼时，老婆买了一枚崭新的印章。她从印章店径直去了银行，递出还没沾过印泥的印章，银行职员对她产生了怀疑。至于在印章店，老板一直提防着她，因为有些客人不买印章，仅仅在需要盖章的地方盖一下，就走了。

我们搬到杉并区荻洼后，我已经在文学杂志上发表了长篇，可我们依旧没有存折。我们住的地方在天沼的一隅，离荻洼站非常远。有时，我们到住在附近的朋友家，用银行支票跟朋友换现金。还有些时候，在牛奶店站着喝完牛奶，问店家"可以换现金吗"。牛奶店的老板和老板娘都爽快地答应了。这样换过几回，老板娘教我们："车站门口的路上有某某银行，可以在那里存一点钱，做一本存折，会方便些。"我收到五千元汇票，于是立即存进那家银行。但第二天就全取出来。从家到银行的距离，走得快要二十多分钟，慢慢走要半个小时。我正在干劲十足的年纪，没怎么在意这是"散步"。忙碌等于能赚到钱，能赚到钱，比什么都愉快。

那时，我去栖息着小龙虾的小河，去田野，还轮流去两家澡堂，却全然没有我现在的"散步"所具有的努力感。文学杂志的编辑也空得很，每当我写完当月的稿件，他就把身上的现金都给我，我们一起走到车站，吃中华料理，举杯庆祝。

半失智的现在，我有了存款。我的散步是"有存款的散步"。在某种意义上，是紧紧依托于存折的散步。倚靠存折的散步与干劲十足年代的散步是完全不同的。变得非常小气。取出一元，就少了一元，逐渐减少到没有。

有一位我一直关注的佛教学者。在战争中，那名学者用电台广播和著作影响了许多市民。他广泛传播了佛教的亲和与宽广。仰慕他的青年和主妇们热心地聚集到他在日比谷公会堂的演讲会场。他讲话的方式是某种俗世容易接受的方式。然而很难判断，俗世不容易接受的佛教到底能不能存在。总之，他口齿伶俐，让听众得到充分的满足。他在电台的演讲内容出了书，成了畅销书，他成了佛教改革运动的指导者。他不断弘扬释迦的教导，他的存款一定随之增多。而他需要做的仅仅是宣传神圣的教导。

战后，对他来说，情况变得困难。他开始宣扬："释迦与耶稣关系很好，就像夫妻一样。"我当时租房子的房东，神田一间印厂兼房产中介的老板（朝鲜人）听了这番宣讲，不可思议地问我："释迦和耶稣，谁是女的？"他有间独立的寺院，是与宗派无关的信仰的殿堂。他对寺院也下了一番功夫，用佛寺作会场，召开基督徒的集会。然而，来听他演讲的人变少了，演讲文集的销售也变得不景气。如今，他唯一的绝对的关注，就是银行存折上的存款数字的减少。他感到烦恼。忧郁的日子持续着。然后，他死了。

我完全没有想要苛责他。他将信仰与现实的矛盾分明地呈现出来，然后死去。我也分明地承袭了那份矛盾。在这一意义上，他正是我的前辈。我从僧侣变成文人，因而能够不掩饰自己对储蓄的欲望。他活着的时候一直是僧侣，拼命掩藏自己的储蓄欲，却被他人察觉到他的秘密。到处都有间谍。还有许多从未意识到自己是间谍的间谍。他有什么罪呢？间谍会下地狱吗？不是间谍的人，真的会前往极乐吗？间谍与佛学者。这一奇妙的组合，真的奇妙吗？

从前有所谓的驻军流出物资。我老婆开开心心地买了美国的二手衣服，上面缀着飘飘的玩意儿，像金鱼的鱼鳍。美国人的衣服尺码大，很少有合适的。老婆买的那件大概是童装吧。老婆穿上那身衣服，变成红色横条纹的金鱼，和身穿和服套了件毛皮马甲（父亲的弟子送来的和式狗皮马甲）的我走在一道，路过的学生们嘲讽道："哇，游街艺人来了！"另一方面，有个五六岁的小孩,她每天关注着我老婆上街时不同寻常的打扮。一天,那个小孩像是感慨地对她父亲说:"她穿着那么漂亮的衣服,是个有钱人吧?"

如果身上有钱,下雨的夜晚,我会从荻窪站坐上"咣咣车"。那是自行车装设了发动机、车厢和车棚,晃得厉害的交通工具。能坐"咣咣车",说明手头宽裕。我上车的时候,还有平民羡慕地盯着看。平民们在站前的街角出现又消失,如同默剧的登场人物一般,他们和我一样,存不下钱。即便如此,他们当中的每一个,也作为一个人存在于这个世界上,从大幕升起到落下。

刚战败那会儿,正宗白鸟[1]发表了题为《如虫豸般死去》的文章。居留上海的日侨被集中在一个地区,该地区发行的杂志上也转载了那篇文章。日本人像虫豸般死去,隔着海,光是看到标题,我们也充分领会了老文人对此的感慨。《如虫豸般死去》。这其实是人所必有的平凡命运,在日本全面投降后,我们得以将这句话作为绝对真理接受下来。那之后过了将近三十年的岁月。平民们重新拥有了储蓄精神,储蓄的意识

---

[1] 正宗白鸟(1879—1962),小说家,剧作家,文学评论家。

遍及各处。有许多流言,据说有丈夫瞒着妻子拥有存折,也有妻子瞒着丈夫拥有存折。听说某个文人家出过这样的事,主人在 D 银行职员拜访时吃了一惊道:"记得我们家是在 M 银行存的钱,在 D 银行也存了吗?"还听说,我有个熟人,年过六十,头一回办了存折,一入夜,他便开心地转身背对家人,独自偷看存折。他还打电话叫出租车去银行,不假手他人存钱和取钱。就是这般既伤感又显得劲头十足的故事。而且,这世界已不再允许我们把存款的账面数字当回事。因为,尽管人并非"如虫豸般死去",金钱却是"如泡沫般消失"。纵然拥有健全的肉体和精神,对于泡沫般消失的金钱这一麻烦的软体动物,也没法恳求道,请不要那样轻易消失!正因为它像泡沫一样消失,人愈发只能紧抓着钱不放。最近,有部名为《海鸥乔纳森》[1]的美国流行小说被翻译过来,与之呼应,有人写了一则充满讽刺的短篇《鸭子多纳森》[2]。然而,无论是飞翔在天空中的乔纳森,还是在地面蹒跚行走的多纳森,

---

[1] *Jonathan Livingston Seagull*,美国作家理查德·巴赫(Richard Bach)在 1970 年出版的小说。日文版 1974 年出版。中文版近年来有多个版本。
[2] 富士正晴(1913—1987)的小说,发表于 1974 年《文学界》9 月号。

当然都无法追上泡沫般消失的存在。

我懒得再去九段坂的"中师傅"那里接受治疗，改为由一名健壮的信州男子上门来做指压。此事说来话长。曾在横滨女子学校念书的老婆有两位友善的女老师。其中一位是军国主义（应该称之为"精神主义"吧）的化身M老师。另一位则是A老师，和她的姐妹一道，至今独身。我老婆虽是个怪学生，A老师至今仍把她当学生看。我们每年去信州[1]的温泉小住，一次，A老师来了，说是"听说M老师嫁到这附近"。老婆自从毕业，已有十多年没见过M老师，和同学也没有交集，直到听A老师说起，她才得知，原来那个爱训人的M老师嫁到信州川中岛附近某个锻刀工匠的家，而且还健在。A老师和我老婆乘上火车，又换乘公交车，前往超乎想象的偏僻农村。她们走在盛夏的乡间道路上，只见一个戴眼镜的女人背着孩子，笑嘻嘻地站在那儿。之前从温泉旅馆打过电话，M老师来迎她们。个子娇小的M老师身材瘦削，穿着满是尘土的草鞋，唯有坚毅的面孔轮廓分明，一如从前。她的家是一处质朴的农舍，从外观看不出是锻刀人的家。

1　信浓国的别称，现在的长野县。

他们有四个孩子,据说战后吃了不少苦。"这里不是我的故乡。关于刀的事,我什么都不懂。我没有当什么贤内助。不过是偶然嫁到这里。"说着,她做了手擀荞麦面招待客人。A老师自战后第一次见到M老师,对她的改变,A老师只是一个劲儿地感叹:"你真不容易啊。"她家五岁左右的女孩像是喜欢跳舞,边唱着《船长可爱》[1],边顶着手帕跳舞。M老师眯起眼望着女儿,"嗯嗯"几声。她丈夫是个寡言的人,向女客们稍作寒暄后,他带她们参观工作间,告诉她们:"我进山里选木头,从亲手烧炭做起。"M老师补充道:"他冬天也去河里游泳。他这份工作必须身体好才能做。"在横滨女校工作那会儿,真看不出她会是个襄助丈夫、护着他并养育四个孩子的人。她嘴里说着"现在是最穷的时候",看起来,她并不后悔,对现在的境遇心满意足。她劝道:"你们住一晚吧。我想叫辆出租车,我们一起,去那座从这边看得见的山,那里有个小温泉。"两名女客推辞道:"不用啦,我们要回去了。"她便显得寂寥。那之后,M老师音信断绝。这些年,东京举办过好几回名刀展会,M老师的丈夫在展会上陈列了

---

[1] 音丸(1906—1976)在1935年唱红的歌曲,后来美空云雀等多名歌手翻唱过。

凝注其心血的刀，M老师也跟着他到东京。我们在夏天去蓼科和其他地方，A老师遇上暑假，便到那些地方找我老婆。关于M老师，她们俩之间一定有过许多对话。

差不多在两年前，M老师突然打来电话。"我从别处听说，你丈夫生病了。我认识一位特别好的指压大师，介绍给你。我丈夫和我都靠这人的指压捡回了一条命。"她单方面地说道，仿佛在传达绝对的命令。

于是，第二天夜里，那位指压名师（其实是名师的弟子）来了我们家的公寓。指压大师是农家的老二或是老三，虽然是自驾来的，却俨然有种农民出身的气质。他漫无对象地命令道："请铺上褥子。""请拿枕头来。""在枕头上铺毛巾。""煮一些魔芋，温在那里。""请把天花粉[1]放在枕边。"他的指压很痛。我生性怕痒，他一碰，我就闪躲。"是M老师让我来的，她说，您是个能拿到文化勋章的人，让我好好治一下。您的腿僵住了是吗？嗯，还有感觉吗？我这样一路按下来，您的身体变软了，只有脖根留着一条线。这条线可难了，就像火柴棍。"他解释着，用双足抵住墙

---

[1] 用葫芦科植物栝楼的根做的粉，中医的清热药物，日本用来当爽身粉。

有存款的散步

根，他自己也躺下来，将全身的气力贯注在右腕。使了大力的指压治疗结束后，他看看右手拇指的手指肚，像是感到疲倦地叹息一声。我漠然想道，他按了有四十分钟到一个小时光景，所以大概比"中师傅"更有效。煮了好久的魔芋太烫了，于是我垫了厚厚的毛巾，想借此逃避覆在身上的魔芋的滚热。他对我说："应该很舒服才对。要是不够热，魔芋的效果就没了。"又问我："您散步吗？去哪里散步？"我开始嫌烦，答道："……这个嘛，明治神宫。还有神社。还有武道馆。""明治神宫？从这栋公寓楼走到明治神宫？""不是的，就是在明治神宫和武道馆走一圈。""光走可不行。要用力挥手，尽量快步走。""我就是这么走的。"我没法好好解释自己的散步，焦躁起来。他来的时候，电视上通常在放《必杀暗杀者》[1]。剧中出现了一个男的，将指节啪啪按响，扭断坏人的脊椎和颈椎，悄无声息地将其杀死。还有一个男的，扑哧扑哧地往人的头顶和后颈打入银针，将其杀死。我躺着，听着这些男人的说话声，宛如砧板上的鲤鱼，指压师大概在愉快地试着他的按压力，同时用眼角瞅着电视。他一

---

[1] 1972年9月到1973年4月在TBS周六深夜十点档播放的连续剧，由池波正太郎的小说改编。

周来两次。我从他的口中听说了许多有关 M 老师一家的新闻。听说他是 M 老师给做的媒，娶了 M 老师指定的媳妇。总之，M 一家像是对他有着绝对的掌控力。不知不觉间，对素未谋面的 M 老师的生活状态乃至精神状态，我有了一种真切的感受。看起来，直到我获得文化勋章为止，指压师不会放弃他的任务。我不时提醒他："没那回事，M 老师她好像误会了，我不会拿勋章。好痛！轻一点！"可是他说："平栉田中[1]先生好厉害啊。他现在九十多，快一百岁了，还在做木雕。平栉先生说，五六十的人，还是流鼻涕的娃娃。"（实际上，当时平栉先生已满百岁。）"我呢，只想再多做一点工作，但我的脑子不转了。你给按了脖子，我的头脑就清楚些，所以按脖子我是赞成的，其他无所谓。""就算把其他地方都治好了，却只有脖子上那一条线难办。如果就那条线留着，其他地方就算好端端的，也会出问题。"说着，他更加用力地按了起来。

他断言道，我一定给你把脑血栓的后遗症医好。他还坦言，这个能治，但治疗师管不了癌症。"我母亲的肚子鼓了起来，我按了按，有个硬东西。我知道那

---

[1] 平栉田中（1872—1979），雕刻家。

有存款的散步

是癌，但我无计可施，于是去采了地黄连给她。"他解释道。

我第一次听说地黄连这名字，便在《原色植物检索图鉴》和《每日生命》的临时增刊《现代汉方大全集》中查找，原来是罂粟科的毒草，长在住家附近的石墙缝隙、路边草地，以及树林边等地。就是说，不可食用。用指尖沾了草叶切口渗出的朱红色汁液，揉在患处，对白藓病等病症有效。在明治时代，也用于治疗胃癌。我当时听过就算，觉得是与自己无关的药草。

M老师的腹部隆起，开始呈现癌症的症状，我也是从指压师口中听说的。他沮丧地说："在长野的医院看的，说是还剩下三个月，没告诉她本人。"不久，他筋疲力竭地在晚上八点过后来了我们的公寓，说："我今天忙了一天，累坏了。"他说他从信州开车将M老师送来东京，为了请某位特殊的名医看诊，陪了一天。据说只要经那位医生诊治，有些个其他医院放弃的癌症患者也痊愈了。说是一间连空调都没有的朴素的医院。我和老婆议论道："肯定是像'红胡子'[1]的医院那

---

[1] 《红胡子诊疗谭》是山本周五郎的小说。1965年由黑泽明拍成电影《红胡子》。

样肮脏的地方吧。"过了三个月，M老师没有死去。她瘦弱极了，而且那位特殊的名医已经告诉她，她患了癌症，但比起因为担心她而变得没精打采的丈夫，她反倒更加精神。当然，指压师也给M老师送了地黄连。A老师打来电话说："想着她虽然回了家，估计卧床不起，没法接电话，我战战兢兢地打电话过去，结果接电话的是M老师本人。她把迄今为止的病情经过仔细地讲了，还对我说，是癌症。出乎意料，她很有精神，我吃了一惊。大概是东京的名医开的药起了效果吧。"酷暑过去了，秋天过去了，迎来正月。松之内[1]结束的时候，A老师打来电话。"M老师走了。她家那边没消息，是她娘家的妹妹告诉我的。"

那时，我已不再劳烦指压师。我颤颤悠悠地继续活着，也持续着慢慢悠悠的散步。那位名刀锻师因悼念亡妻而无心工作，他获得了"人间国宝"的称号，名声日隆。

去指压师傅那里，或是请人上门做指压，其实，我并非不信任他们。可能还是与我的存款有关。存款一事，我全部交给老婆打理。是存成定期还是活期，

---

[1] 过年在门口装饰门松，一般到1月7日。

和我商量之后，由她定。就是说，她是财政大臣。家里电话也都是她接，所以我老婆是外交大臣。把跟税务署有关的文件整理在一起并计算的，也是老婆。判断寄来的东西要不要留的，也是她。因此，她还担任了邮政大臣。经济计划厅长官一职也是她的。我的健康状态全部由她诊断，因此她还是卫生大臣。开车也是她，所以交通大臣一职（不知道有没有这个职位）也被她拿走了。唯独文化大臣是我的，可没法让人安心。刷刷写下口述笔记的也是老婆，我这文化大臣的职位已经不稳。尽管心里想着，至少我要把总理留在手里，但我真的握有将这些大臣的职位任命给她的权力的缰绳吗？她只要变成在野党，不管是发起春季斗争[1]，还是总同盟罢工，都是她的自由。或是歇斯底里地呈现出过激派的攻击精神，也是她的自由（目前为止，总理持妥协的态度，在野党也对此心领神会，总理暗自以为，暂且可以维持现状）。当总理感慨："这是百合子最擅长的呀"，这话也被完完整整地、刷刷地做了口述笔记，成了散步系列的稿子。

"不走路的散步""仅仅是等待的散步""不钻牛角

---

[1] 每年春天由公会向企业发起的团体交涉，目标是涨薪、提高劳动者各项待遇等。

尖的散步""边呕吐边散步""带着狗的散步""把猫留在家里散步",题材无限。"散发着尸臭的散步""在上海散步""带着疟疾散步""有黄色漫画和色情电影的散步""一日一食的散步""毫无信息的散步""生出苔藓与霉斑的散步"等,一直写到死,都不缺题材。

"孩子他爸,你是痴呆大佬呢。"老婆突然这么说,我吓了一跳。在富士山小屋的周围丛生着低矮带刺的日本海棠[1],唯有我知道它的果实长在哪里,所以她这么说(那果子比梅子大一些,比柿子小一些,当地人说,等它黄熟后,泡在烧酒里,对哮喘、胃痛和脑卒中有效)。不管怎么说,散步不能停。

明治神宫的表参道,如今似乎被称作日本的香榭丽舍大道。那里有同润会公寓爬满常青藤的砖墙建筑、教堂、面向外国人的古董美术品商店、优雅的餐厅、中华料理店、专吃牛排的店。那条街上走着打扮格外新潮的青年们。那些年轻人的服装和发型男女莫辨。虽然没瞧见马也没瞧见马车,却有年轻人穿着纯白色镶边的贵族式样骑马服,骑马靴发出金属声响,拿着鞭子傲然行走。无从得知那些年轻人的目的。防卫厅

---

1 日本海棠在日语的发音为 boke,同"痴呆"。

和特别审查局[1]都无法探知这些年轻人的目的吧。他们快乐地没心没肺地走着。我用"快乐""没心没肺"来形容,对他们来说或许让人错愕。该说他们认真地走着吧。他们周围的空气中漂浮着那么多的苦恼。那些心理上的浮游物就像肉眼看不到的尘埃似的漂浮着,他人完全无法理解。我们走啊走,仿佛接了某种"暗示"或"命令",来自绵延成墙的亡灵,或者来自其他星球的古怪生物。同时还能感觉到某种苦恼,不呈现在街头,闭塞于家家户户的室内。那苦恼藏在更深的地方,人们一定在久久地忍受它。街头的喧嚣流经耳畔,与沉默的低语交汇。那只能称作"神秘的骚动"。既然是"能听见骚动的散步",便是散步。都市在沉睡期间也在等待明日的觉醒,骚动着。世界朝着诸行无常的方向运转不休,正如地球绕着太阳转。诸行无常就像不靠谱的无照司机,正在缓慢地前进,忽然加速。诸行无常的速度无法测定。然而,"他"不会停下脚步。就在看似停步的瞬间,"他"大喊着突进。如果是伊万·卡拉马佐夫那样的人,可能会这样自言自语吧:"我没法和这些人类站在一边。他们过于多种

---

[1] 1950 年设置的政府机关,1952 年改为公安厅。

多样，而且本着相同的人类固有的思想。无论在怎样的瞬间，他们都不会放弃自己的欲望。就是说，他们不会放弃自己的主义和主张。在冷酷的神灵眼中，他们始终是些**废物**，又始终**认真**。我无法原谅他们**废物的一面**，同样地，我也无法原谅他们的**认真**。我这人乍看是反人类的，但其实我是个人道主义者，无论我怎么宣扬此事，也毫无意义。周围到处是虚假的人道主义。因为，人类就喜欢那种不彻底的人道主义。所以对人类来说，他们会以为不彻底的人道主义才是真正的人类之爱。人类的骚动是那么吵吵嚷嚷，让神感到烦杂，把他们的骚动都听清（就算不是特意倾听），大概就是神的爱，但那份爱是热还是冷？我可不知道神的体温是怎样的。哼，神秘的骚动吗？那些家伙的最终命运是绝对的沉默，骚动或许只是他们的竭力抵抗罢了。所以，我无限地爱着那骚动，但也无限地憎恶它。"写到这里，我本人既不可能是伊万·卡拉马佐夫，也就不过是痴呆大佬在做痴呆的絮叨罢了。

卡拉马佐夫家的成员不光是伊万一个人。还有阿辽沙，德米特里和他们的父亲费尧多尔。如果是从修道院溜出来找伊万的青年修士阿辽沙，可能会说这样的话："哥哥，我懂，你受了不少苦。一想到你所受的苦，我也很难过。因为我不仅是追逐信仰的基督徒，也和你一样，是卡拉马佐夫家的一员。可是，你对人的想法是错误的。你这样判定人，是在拒绝拯救。"

伊万："你叫我哥哥，谢谢。你是个温柔又诚实的人。你深深地相信，人是被神拯救的动物。对此，我并不反对。因为，看起来你会保持这一信仰到死（只要你不背叛信仰，变成比爸爸更十恶不赦的男人）。我不知道，你该守住信仰呢，还是该变成黑暗的背叛者。而我，不光是黑暗的背叛者，我还在其他一切堕落者身上感觉到亲近。不光是亲近，我以为，变成那样的堕落者，<u>丝毫不羞耻</u>。我并不想拯救他们。他们无非释放出本质，然后消失。你会拯救他们吧，拯救他们的千分之一，或万分之一。毕竟那是你的使命。只要看看你闪闪发光的双眼，我就知道你会这么做。但谁又能保证，小偷和杀人犯的双眼不会闪闪发光？"

阿："我懂。不，我试着懂你。正因为如此，神才必须存在。从过去到现在，到无尽的未来，神一直存在。"

伊："那些不信神死去的人会怎样呢？他们反正没救了，我要是这么说，会违背人类之爱吧？我以为他们就那么死了也没什么。就算没有救赎，他们也堂堂正正地死去了。你别说他们的死也是神的爱。"

阿:"正因为如此……算了,伊万哥哥,我以为没有人比你离神更近。卡拉马佐夫家的人(包括爸爸)在神的身边。只是大家都没有意识到这一点。德米特里哥哥的醉态、暴力,他那种念头一起就像着了火般的性格。你复杂难解的哲学。这些都成了神呼唤我的声音。我会变身?那并非不可能。就算我成为堕落者、背叛者、不可救赎之人的一员,我仍然相信神。"

伊:"算了算了,我们两个都还得再活一段时日。又不是神秘的骚动会在今天或明天消失。在活着的时候,小说、音乐、思想或是主义主张,都还会继续。"

在我患了脑血栓的头脑中,伊万与阿辽沙的对话如泡沫般浮现又消逝。我是个病人,无法以自身的意志继续或中断其对话,就让我满足于这一点吧。

不过,伊万没有存款吧。难以判断他有没有遗产的份额。对他而言,比起金钱的存款,"精神的存款"一定是更加重大的问题。然而就连"精神的存款",也有可能因为精神界的通货膨胀,如同泡沫般消逝。

有存款的散步

危险的散步

少年时代，在真的是短短一段距离的街区内，就充满不尽的惊异。

花电车[1]——没有乘客的不可思议的交通工具。无法预料那东西何时出现在眼前。它从远处缓缓靠近，光辉灿烂，色彩纷呈，在视野中停留短短一瞬，然后远离视野。

为了等待花电车的到来，必须去到白山坡上。从我父亲位于本乡东片町的寺院到白山坡，非常近，用"去到"一词都有点可笑。那坡道在从前看起来十分遥远（有时甚至显得雄壮），如今乘车经过，不过是个短短的斜坡，车开过去，连街景和店铺都只是一晃而过。至于花电车为什么会经过那个坡，并不成为问题。等来等去，花电车仍未出现在坡下，孩子们便嚷嚷起来。这时，有眼尖的叫道："来了，来了！"随即，花电车

---

[1] 路面电车改装的花车。

以比普通电车慢的速度堂皇地驶来。面熟的大人们也混在孩子们中间,边相互点头说着"来了,来了",边伸着脖子观望。如今,南美的狂欢节、法国国庆节、日本各地庆典登场的装饰成各种模样的美丽车辆都被电视画面近乎煽情地播放出来,而我没生出多少兴趣。但在少年的眼中,就连驾驶花电车的穿制服的人也是开开心心地站在车上,自豪地体会着喜庆的一天,并充分地娱乐着观众们。

少年没有散步的必要。仅仅驱动着自己尚未经过试炼的手脚,奔跑或经过就行了。忘不了白山坡上和肴町一带一间间的店铺,出入店铺的居民,在店门口或店堂深处的店员和老板,乃至他们每个人各有特色的坐姿和站姿。住在寺院的少年周遭飘荡着轻飘又寂寥的阴影,仿佛在暗示那些居民的命运。

面料服装店的掌柜每月一次来母亲这里,将卷成筒的布料展开。"太太,您看看这个。"他久久地与母亲谈着话。

寺院门口有间木桶店,一个老头从早到晚在那里箍桶。木锤的声音"通通"地响在寂静的小路上。他家老太太是个长得像梅干婆婆的妇人,并且她真的因为头痛或牙痛,将梅干碾碎了,贴在太阳穴和脸颊上。

老太太在老头的旁边收拾木屑和其他垃圾，用恶毒的目光瞪着孩子们。

寺门在黄昏紧闭着，只有小门被人开和关，每次伴随着呛啷呛啷的锁声。桶店的隔壁是照相馆，再隔壁是理发店。理发店里有个年轻又强悍的理发师，将高朴齿木屐踩得作响。他不光带着威严掌控整间店，还不停地训斥在店里干活的少年。和我年纪相仿的少年被理发师支来使去，对此，我没有太多的感触。但是，那个年轻理发师的暴君模样让我有种畏惧，觉得自己什么时候也可能被他训斥。有一次，有个以美男子自居的男人正在让理发师刮脸，少年店员让我在旁边的凳子坐了，那人看着我说："小哥挺可爱的。以后你会让女人哭哦。"我当时不懂"让女人哭"是什么意思。男人的预言落空了，我大概一次也不曾让女人哭过。

寺庙有一处逼仄的租屋。那里住了巡警两口子，后来换成一对夫妻，男的是庆应毕业。他在做指压师一类的工作，家里有两个性情傲慢的男孩。我在父亲的膝上撒娇，让父亲抱着我，那家的男孩来我家玩，轻蔑地说："哼，你又让你爸抱你！"不知什么时候，那名医生脱离了不起眼的指压师的身份，成了有许多名人找他看诊的"大师"。若是在现在,我也会去叨扰那位"大师"吧。"大师"买来当时大获好评的名为《人肉市场》[1]的流行书,还炫耀地给我这个孩子看。那本书在报纸广告上刊登了被绑缚的裸女画,不管他怎么炫耀,在我家是没法读的。对于丈夫这种肆无忌惮的做派,年轻的太太像是感到羞耻。

租屋的隔壁是家具店。那是座阴沉的房子,有棵石榴树,每到秋天,越过围墙,只见石榴挂在树上,色泽鲜艳,像人的皮肤。家具一天到晚飘散着涂料味儿。他家的家具完全卖不动。他家有个女儿,得了怪病。她的身体不断萎缩,渐渐地,内脏和自己的肉融为一体,于是她免费住进了东京大学医院。因其症状罕见,她的躯体被医院保存。就是那样一间阴惨惨的家具店,适合有那样一个悲惨的姑娘出生和死去。

在那般逼仄的空间里,竟充斥了那么多的声响、光线与气味的惊异。光是在小小的寺院内,就已是惊奇的发生地。墓地后面是澡堂,能听见热水流淌的声

---

[1] 挪威女作家伊丽莎白·舍恩(Elisabeth Schöyen,1852—1934)的小说《白奴》,日文版由窪田十一根据德语译本翻译,讲谈社1921年出版。因其煽情的书名和插画,加上广告宣传,成为讲谈社最初的畅销书。

音，擦澡师傅收拾木盆的动静，还是那个擦澡师傅，砰砰地拍打某个大人的肩膀的声响。前院、中院和内院（说起来似乎很大，其实每个院子都是狭窄逼仄的所在）挤满了住家，传来夫妇吵架声、骂孩子的声音，以及年轻人在聊什么危险的事的声音。小儿科医生的诊室紧挨着寺院，医生有一堆小孩，孩子们打闹的声音传到了外面。一座座小房子全都背对着寺院这边，被若隐若现的树篱或板墙遮挡着，而在那里面，其实建筑的后背紧挨着围篱，如同一群房子包围了寺院。寺院本身与不安定的外界相连，只要一步跨到外界，便通往让人目眩的未知世界。

从肴町穿过铁道，左手边是大观音（我经常奉父亲之命去那所同宗的寺庙），前方是根津神社的坡道。沿着有许多寄宿舍的陡急坡道走到头，从上野山的背后绕上山。那周围充斥着美术生的气息，走着走着便进入上野山西洋风貌的一带，建有美术学校、美术馆和博物馆。我在坡道的文具店买了"尼港惨案[1]花牌"。忍不住要买。对尼港惨案，我只有个模糊的印象，是

---

[1] 尼港是今天的俄罗斯的尼古拉耶夫斯克。十月革命后，日本军队于1918年在该地驻军，1920年，苏联红军游击队与日军发生武装冲突，该事件在中国称为庙街事件。

"可怕的事件"。有少数日本人被派遣到俄罗斯的某处，名为游击队的强盗团伙攻入该地，将日本人全杀死了，这一传闻我是听过的。人们传说，女人的头发从树枝挂下来，惨不忍睹，听了便落泪。这话听起来有些像恐怖故事。我记得，写着"る"的读牌[1]上写着"看家寂寞的吉子小姐"。取牌上画着那个套了件棉袄的少女，她的父亲是当地的领事还是个什么官，父母都被杀了。我完全不知道日本出兵西伯利亚的事，也不曾研究过那片土地的模样。我也把花牌给忘了。直到我亲自踏上纳霍德卡和哈巴罗夫斯克的土地，才从朝鲜翻译的口中听到那段往事。"其中一名游击队的勇士被扔进燃烧的火车炉膛中死去。"翻译说得简略，尽量不伤害日本人的感情。无论是吉子小姐还是当地日本居民，哈巴罗夫斯克的中央博物馆里当然不会有记载，六月的阳光沉稳地落在宽阔的阿穆尔河[2]上，有两三个苏联人正在河里洗澡。

罐装燃气的气味、晚风中拂动的单衣和服、香蕉

---

[1] 花牌分为读牌（文字牌）和取牌（绘牌），读牌上有诗句，取牌上有首字母和画，花牌玩家要在对方念出读牌内容时，迅速找到对应的取牌，将其取走。
[2] 黑龙江的俄语名。

大甩卖的热闹的叫卖声。我走在夜市中，由父亲或母亲带着，和哥哥或妹妹一道。每年两次，我在夜市买盆栽仙人掌。我总是买尽可能便宜的，将它养到变多。我喜欢仙人掌。它是独立又孑然而立的植物，突破了植物的意义。我买不起蟹爪兰之类，所以仅限于圆球状的。即便只是仙人球，当它不知何时生出小小的球，我将小球移栽到别的花盆的时候，就仿佛出现了奇迹。我在院子的角落种下红皮芫菁和凤仙花。就如种子袋上写的，这是孩子也能成功的园艺，用不了多久，便长出一堆小小的红皮芫菁的球根。凤仙花次第开放，我等着它的绿色果实变得黄而透明，用手一按，它便绽裂开来。

迷你庭院中的小船、桥、水车、鸟居和民居是用泥烧制的。还有动物，诸如狗、马、鹤等，底下带铁丝，可以插在土里。我蹲在地上，一次次地调整物件的位置。我怀着成为宇宙统治者的心情，琢磨着要把穿蓑衣的渔夫以及仙人模样的男子那小小的身体放在哪里。这需要一种慎重的编排，正如神的思虑。我一个一个小心地移动它们。我才不会有像未来小说那样乱搅一气作乐的心绪。这一处小小的有着朴素色彩的自然的部分，仿佛任我摆弄，其实它们遵从了某种秩序，不听我的。植物生长又枯萎，让我束手无策；迷你庭院的小道具们始终维持原样，从不变化，也让我束手无策。

寺院内外并非总是安全的所在。从小学回家的路上，我被一匹拴在墓地外沿的马给咬了。大概是在白山坡上上下下的运货马车为了休息而选在寺院跟前吧。我挎着书包，试图穿过马与围墙之间的窄缝。那匹马可能是被马夫欺负了，心情不佳，或是肚子饿了吧。突然间，一个热乎乎的大东西罩在我的头上。接着，我的脑袋被巨大的牙齿夹住了，动弹不得。我感到，仿佛过了许久，马才张口放开我。我飞奔着穿过马的肚子一侧和脚边，领悟到马是多么大的动物。我没有告诉任何人，察看了自己的脑袋，上面有巨大的牙印。

两年后，一整个夏天，我被安置在神奈川乡下的寺院。当我走在两旁是水田与旱田的凉爽的道路上，一个农民叔叔对我说："要不要骑马？可以骑。"我手脚并用，好不容易骑到马背上。有个乡下孩子也上了马，贴着我的背。马走了起来。它慢吞吞地走着，像是毫不在意背上的货物（也就是我们）。我们欢声喊叫。马渐渐走到小河边。接着它冷不丁地垂下脖子喝水。突然没了马脖子在跟前，我摔了下来，接着，乡下孩子也摔了下来。

有了老婆孩子之后，我又骑了马。我们在蓼科高原，为了去看瀑布，走了很长一段路横穿高原。有两名马夫候在瀑布那边，说"回程的马，给你们算便宜些"，我便决定骑马。老婆和孩子特别能走，她俩走路跟着。当时是我最胖的时候，我颤巍巍地让马夫帮着上了马。比起走路，骑马确实轻松，但马走在凹凸不平的路上，马背上感觉很不稳当。安全地到了我们在夏季租住的家门口，我打算飘然下马，脚刚落地，就摔了一跤。马夫惊呆了，盯着我看。我的屁股擦伤了，在很长一段时间呈现生牛肉的颜色。

关东大地震那天[1]，一直有大幅度的晃动、反方向晃动，然后是快速震动，那之后，多得意想不到的大人和孩子从寺院周围的房子里出来了。平时不出门的老人和病人仿佛第一次沐浴在阳光下，蹒跚着走出来，或是闭着眼被人用门板抬出来。遭遇了同样的灾害，每个人都有种彼此亲近的感觉。蔬菜店老板忽然变得慷慨，将店里的物品分给大家。人们都想帮助比自己更可怜的人。从来没讲过话的大人们像百年的知己一

---

1 即1923年9月1日。

样聊天。"附近的居民"，原本是讨厌的家伙、熟不起来的家伙、冷淡的家伙，如今被有着基督教感觉的爱联结在一起，彼此成了好邻居，心心相通。我对电影《日本沉没》仅有一项不满，它并未描写出，遇到突发的灾害，有一种可能，人们会突然怀有爱心，并展示那份爱。

大地震那年，由秋到冬，崩落的墙土和碎瓦片堆积在寺内，有石塔那么高。土山的高度和墓碑一样，于是可以在那上面跳来跳去。在那处游玩场所的边上，有一座被石墙围绕的大墓。墓的正面设有涂成红色的铁栅栏，每一根铁栅栏都是长枪的形状。我很善于沿着那座墓高达一米左右的石墙跑圈，从铁栅顶上跳过去。我跳了许多回，然后失败了。等我回过神，右腿不能动了。我的身体悬在空中，就像穿在竹签上的烤鸡肉串。照相馆老板的女儿之前在旁边看我玩，她去向人报告我这边的异变。比起疼痛，我的惊讶要激烈得多。我用双手抓住自己的右腿，用力拔起，血喷出来。我边跑边按住大敞着的伤口。"妈妈！"我喊着进了家门，父亲出来了。然后将我送到家里有一堆孩子的小儿科医生那里。医生是个脸色惨淡的人，他不习惯治伤，大吃一惊，没能好好包扎。"哎呀，哎呀。"

他结结巴巴，脸色愈发惨白，好不容易才用颤抖的手帮我包好了。

对大正末期的少年来说，家的内外都充满危险。与此相同，对昭和末期的少女来说，似乎也有同样的危险环伺四周。这样的危险与人生的趣味紧密相连。如果不好玩，人们就不会散步（不过，如今的我，不好玩也去散步）。

对我女儿来说，情况恐怕也一样吧。对于年轻夫妇而言（如果我可以这么称呼我们），住在杉并区天沼一座房子的二楼，就像置身于被大海摇撼并且底部有洞的船上。丈夫完全没想过要孩子，他从妻子那里得知，有了孩子。因为孩子的事，她以为丈夫会骂她，为此颇为烦恼了一阵，当她说出她的诉求，本质上温柔的丈夫听了，从仅有一床的被子里说："行啊，行啊。"对我的孩子来说，那真是千钧一发的瞬间。某个有志于文学的青年，从他父母那一代就是基督徒，介绍了一间基督教医院给我们。基督徒与我产生关联，就是从这时起。那间医院的护士和女医生们都是素食主义者，她们大多肤色白皙，十分安静。在我看来，她们洋溢着奉献精神。

天沼的宿舍附近不乏散步的场所。那地方在天沼的最边上，前往中央线荻窪站，要走一条长而曲折的小道。往车站的反方向，我们旁边再过去两三间房子，地名叫下井草，再往外走，便能看到孩子们在小河和水田里钓小龙虾。从那里开始，就只有稀疏几栋农民的房子。西武线的火车驶来，从停车到发车期间，四周一览无余。我们把出生后的婴儿领回家，让她睡下，第二天早上，我忘了家里有孩子，差点一脚踩上去。毕竟地上有坐垫、蚊帐，还有绽了线露出棉花的被子形成波涛起伏，婴儿被搁在那儿，看不清在哪里，尤其当我喝了烧酒，第二天早上酒没醒透的时候。二楼只要关了灯，老鼠们立即出来乱蹿。我想，婴儿居然没被老鼠啃！会这样想，是因为，老鼠们在家中肆虐，用了一个晚上就将放在二楼房间外（因为没有鞋箱，我们铺了张报纸放鞋）的鞋后帮啃掉，鞋子变成了拖鞋。我们当然没有童车。夫妻俩一道出门的时候，我们怕老鼠祸害，便把书桌放在房间中央，将被褥铺在桌上，把孩子留在那上面。老鼠们爬上用钉子挂在墙上的领带，还钻进西服口袋里玩儿，不过婴儿一直没被它们咬过。

等婴儿的脖子长得稳固些，老婆便将她绑在背上出门，用的是楼下的老奶奶给缝的一件背孩子的棉袄，叫作"龟之子"的。老婆戴着帽子，穿着高跟鞋，从"龟之子"探出手脚，目不斜视地走来，我从反方向走去，看到她，心想，来了个怪人。她去澡堂也穿那样的一身。当婴儿泡在宽阔又温暖的热水里，不知是否因为有种安全感，她必定会大便。她的大便很硬，我以前还用挖耳勺帮她挖过，一出来就漂在热水池的池面上。这时，婴儿一定有切身的体会吧，既然来到这个世界上，就必须独立并忍受苦难。有几回，漂着大便的澡池里，其他女孩叫道："啊，真讨厌，让人好想死！"婴儿或许在不知不觉中领悟了吧，人总要不断冒着被他人厌恶的危险。

我们搬到片濑海岸后，事态也没有太大改变。我们顺利地租到接生婆家的二楼房间。那时的我比别人更常通过面试。向神田印刷厂租三楼的时候，在野方的情人旅馆长租其中一间的时候，以及与那位能干的接生婆第一次见面的时候，我都是一次就被对方判定为"不会拖欠房租的人"。

那是在太宰治殉情事件后，人们对文人的评价未必高。接生婆家的二楼是一处就江之岛而言难得安静的住家，海风从房间穿过，一只老鼠都没有。每当有人在海边放焰火，邮局或消防署那头的空中便绽开美

危险的散步　　　　　　　　　　　　　　　81

丽的花。婴儿第一次坐上婴儿车。还经常被带到海边。并被带去荞麦面馆。自打生下来六个月，但凡老婆的食物，乌冬面、咖喱饭、炸薯条、腌萝卜、整条的鱿鱼干，婴儿什么都吃。给她一根炸薯条，她连续几个小时乖乖地躺在海浪席卷的沙滩上，渔船的阴影里，直到母亲游泳游腻了为止。她还把沾满沙的饭团慢慢地吃完了。老婆不在家的时候，她吃了木炭、自己的大便，还有口红。即便如此，她也没有闹肚子。有个文学青年（就是介绍基督教医院给我们、让婴儿降生的青年）上门见我们不在，便去到海岸边，下水游了一圈，游完上来，他在沙滩上发现了我们两口子。他朝我们走来，胸毛浓密的上半身充溢着刚尽兴游过泳的喜悦，笑得像一只水獭或海狗。

有时候，早上散步时，我将婴儿放在婴儿车上，一个人推车。我没给她垫尿布就把她带出去，等散完步回到家，她已经尿得淅淅沥沥，接生婆责怪道："哎呀，你爸爸什么都不懂，真是的。"说着把婴儿抱起来。

婴儿哭也不哭，独自睡着。不管来了什么客人，不管我们因为什么话题而吵吵嚷嚷，婴儿仿佛住在另一个世界，安静地睡着。老婆当然是爱孩子的。在她的关爱下,孩子健康地长大了。不过,她这人太喜欢来喝酒的客人和来谈天说地的客人,所以直到客人们回去为止,她像是压根儿忘了孩子。

我父亲没见过我老婆。听说孩子降生,他给了两万元红包。对向来节约的父亲来说,那是一大笔钱。"你给的钱,我们存了起来。"当我告诉他,他像是不满地一言不发。我母亲在父亲死后经常来我们位于片濑的住处。要消减丈夫的死带来的悲哀,到次子居住的江之岛海岸,是最方便的。从我们家通往海岸的路上有小钢珠店、弹子球店、特产店、餐厅、刨冰店、射箭店和其他招揽游人的店铺,母亲特别喜欢这条路。母亲生来头一回进了游艺场,拿到奖品,她兴奋得像个孩子。有个中国文学会的成员从以前就住在腰越(江之岛电铁沿线)。通过他的介绍,另一名成员租下某个渔夫家对着交道口的二楼。那之后,我们夫妻经常和那两名成员及其家属一同聚会。成员的往来密切,彼此也了解对方家里的情况。

接生婆家的二楼有间镶嵌着彩色玻璃的厕所。那间厕所用陶管连接二楼到一楼的抽粪口,管子直上直下,使得我一直担心婴儿会不会掉下去。有一回,中国文学会的成员来我家聚会,其中一人老被其他人挤兑，他无计可施，进了厕所，不知道是不是在里面哭，过了许久都没从里面出来。我为了驱除厕所的臭气，往里面喷过"冒烟樟脑油"[1]，但臭气很难消散。每当夕阳照射，松石蓝、红、黄色的玻璃泛起美丽的光，同时阳光使得粪池升温，臭气往上走。老婆的弟弟来玩，叹道："这什么味道啊？刚拉出来的屎都比这好闻多了。"当婴儿忽然不见了（大概是被住在一楼的接生婆一家带到哪里去了），怎么找都找不到，我慌忙到二楼，冲着粪便的落口往一楼大喊："阿花，你在吗？"并使劲看底下的粪池。

在片濑海岸度过的冬、春、夏、秋，对我们夫妻来说是忙碌的季节，无从得知，那段日子对婴儿来说是怎样的。

神轿经过的庆典那天[2]，老婆身穿高级旗袍，那衣服是她为画家当模特的模特费，给婴儿穿了件小若（给孩子穿的若众[3]的庆典裙子，是最小号的，用便宜的薄布做的），一起拍了照。照片上，婴儿一脸的不高

---

[1] 株式会社小林脑行的产品，以樟脑为主要成分的除臭芳香剂喷雾，并不会冒烟。
[2] 片濑诹访神社每年8月27日的庆典，其中包含将神轿送入海中又送回的仪式。
[3] 年轻人，这里特指参与庆典的年轻人。

兴，与我过世的父亲长得一模一样。围绕神轿的人群挤得要命，让来看热闹的美国人也感到害怕。婴儿被老婆背着，应该目睹了人们的拥挤和推搡。

在海岸上，从夏天的开始到结束，有一座小小的摩天轮一直在转。当游客变少，海变得寂寥，老婆仍旧将婴儿放进童车，每晚去看那个没什么人的游乐场。因为她每晚都去，游乐场的大叔和小哥便说："给你免费坐一下。"坐在没有其他客人的摩天轮上，晚风格外凉。虽然不花钱坐了，但老婆有恐高症，一直闭着眼，什么景色都没看到。婴儿不害怕，静静地坐在她的膝上。老婆因为太害怕，想把婴儿扔到空中。总之，婴儿平安地活了下来。

我们两口子回到目黑的寺院后，婴儿也住在寺院内。我父亲已经过世，从福岛县会津若松来了个新住持。我老婆和新住持差不多是同时来到寺里，所以两人都是外人。住持对我母亲以及原本就住在寺里的女佣和弟子们都客客气气的。我老婆则对寺院生活一无所知。但她立即适应了环境，不仅克服了自己的无知，甚至近乎有所突破。她满怀自信说道："我呀，在女校的时候，老师就让我背下了般若心经，所以没问题

危险的散步

的。"她说她毛笔字写得好,立即接下写塔婆[1]文字的活儿。遇上基督教徒的塔婆(大概是她首次发明了这东西),她在最顶上用墨画了个十字架。她还参照森永奶糖的包装盒,在十字架上画了天使。她的举动自若,如同在寺院出生长大的寺院之女,施主们见了这样的她,纷纷诧异道:"咦,是贵寺的小姐吗?""那位是从什么时候起来的贵寺呀?"每当附近的穷人家有人去世,她便去到那家,手握念珠,在枕边念经,还给死者取戒名。

住持把家人留在会津的寺院,他自己两头跑,所以很多时间不在这边。他不在寺里的时候,遇上葬礼和法会,附近寺院的僧人过来帮忙。那个年轻僧侣罹患精神疾病,刚痊愈,他不愿去其他寺院,唯独我们这里,他愉快地来做事。说起来,是因为我们寺院和他打交道的是我老婆,就是说,无论他出了什么差错,旁边只有我老婆一个,而她不以为那是错的,对于神经衰弱的他来说,心态上轻松。

法会开始,老婆将苹果放在白木的三宝[2]上,高举着从后面走向正殿。苹果滴溜溜地滚落,一直滚到远

---

[1] 供奉在墓旁的木牌,上面写有死者的戒名或原名。
[2] 神具,一种带底座的托盘。有前后两面,需将接口处对着自己。

处，正在念经的神经衰弱的僧侣笑了出来。而且她摆供品的时候把三宝的朝向搞反了。我们的婴儿（已经该叫作幼儿了吧）在宽阔的寺院内，真的被安全地守护着吗？

寺院里有一方池塘，幼儿掉进了池中。她穿着红色外套，外套遇水膨胀，使她成了漫画中的滑稽人物。有个从会津来的胖女佣很爱她。我们外出时，女佣亲切地照看她，对她说："阿花，阿花，好乖呀，像个小小人儿。"然而，某个冬夜，女佣在切年糕时不小心切到了幼儿的手指。幼儿的食指从指根挂在手上，仿佛随时会掉下来。一见到从外面回来的我们，女佣便开始哭，幼小的女儿以更大的音量哭了起来。

乘坐山手线的时候，我抱着她，幼儿的手指被自动门夹住了。有个学生站在旁边，慌忙帮着松开紧闭的车门。我转动身体，努力拔出幼儿夹在门内的手指。我只顾着为这窘境而焦躁，完全顾不上她疼不疼。在下一站下车后，我们径直去看电影。出了电影院，我们才发现，幼儿的手指肿了起来，变成紫色，像吹起来的泡泡糖。

和我小时候不同，幼儿没能去看花车。幼儿身上的和服是朋友的太太用她自己的衣服改的，叠穿得很厚，像个乡下孩子。有时在和服底下还穿了裤子。早上和傍晚，每当新住持去正殿念经，正殿当中叠放了两三张用红、紫、绿色布做成的大坐垫，原本是住持的位置，幼儿端坐在那上面。她模仿住持合掌，嘴里喃喃地念着什么。住持坐在她旁边，击钲，敲木鱼，有幼儿陪着，他显得很有干劲。住持说："阿花坐在她爷爷坐的位置上，她是爷爷转世吧。"唯独这句话，我母亲是赞同的。

我把住持之位让给父亲的弟子，自己在寺院二楼没完没了地写着类似小说的东西。因此，我老婆虽然本该是小说家之妻，却不得不将全副精力放在寺院的工作上。她经常像是感叹又像是愕然地说："寺院真是有趣的买卖。有点像料理店。但毕竟是寺院。像唱歌一样念念经，就能赚到钱，税金便宜得像免税一样。"

老婆害怕幽灵，不愿意去位于长长的走廊尽头、地板嘎吱作响的厕所。小孩不怕幽灵，总是和她一道去厕所，在门外等她。但她像是唯独害怕电影里的幽灵，每次带她去看怪谈电影（我母亲特别爱看），她就用手遮脸，从指缝间看，或因为太害怕而藏进椅子底下。女佣同样害怕幽灵，深夜在厨房擦拭佛具，擦着擦着，她和我老婆对望一眼，忽然想起某部可怕的幽灵电影，一旦在对方的脸上发现惊怖之色，便惨叫一声跳起来。当只有老婆、女佣和小孩她们三个在寺院的晚上，正殿自然不用说了，老婆会把所有房间的灯开着，放上爵士乐唱片，一直到入睡。小孩住在附近的玩伴来了寺里，那孩子一上到正殿，便不眨眼地仰望阿弥陀佛主佛，说："这就是妖怪的妈妈呀。"因此，小孩、老婆和女佣，其实是和妖怪住在一起。我想讲妖怪的故事，刚说了个"妖……"字，她们就来堵我的嘴。她们太畏惧幽灵，以至于不会做下什么坏事。然而，幽灵似乎占据了半个宇宙，每当她们想到幽灵的存在，它们就出现在黑暗中。

整理骨灰盒也是老婆和女佣的工作。有些骨灰盒在寺里摆了十多年，还有些无人认领，把这些骨灰盒换个地方叠放的时候，底下古怪地湿了一片，有时还有积水，盒子里有白骨的碎片移动的声响。"太太，这个……"女佣叫道，想要逃走。但小孩不懂得骨灰盒与幽灵的关系，看见白色的东西从破损的骨灰盒漏出来，她喊道："砂糖！"

自从搬到高井户的公寓，就不再有那一类的恐惧袭向她们。相应地，等待着小孩的，是名为"上学"的恐惧。从高井户过去三站路，附近有所R女子学院。

对我家孩子的诞生施以援手的基督徒的献身精神让我很中意，因此我十分赞成将她送进由教会经营的小学。

对小孩来说，佛教的极乐与基督教的天国，到底哪边更为亲近呢？对她来说，肯定两边都很麻烦。

她上了两个月左右的幼儿园，只会写自己的名字，在这样的状态下成了小学生的一员（名字也是寺院女佣教她写的）。她的同班同学都学过基础知识，很优秀。她不得不背着沉重的双肩书包走到高井户站，在下一站的下一站的下一站下车，前往学校。她没有理由不忧郁。因为，她的父亲悠闲地散步，并眺望火车沿线的风景。

小孩经常就那么背着双肩包，慢悠悠地在途中的田间大便，以至于她没赶上火车而迟到。

在田间的某处，扔着一辆可疑的汽车。一名医生实施了幼儿诱拐计划，他将拐骗来的男孩杀害之后包裹起来，扔在汽车后备厢，将汽车弃置在那里。我穿过田地，去看那辆车。是辆平平无奇的小轿车。阳光灿烂，风吹着竹叶。四下安静，唯有看热闹的妇女们的说话声。我怀着模模糊糊的散步的心情望着那风景，当时一点也没意识到，说不定那份危险也会袭向我家幼小的女儿。

错综的散步

在抽到高井户的公团住宅[1]前，我先通过抽签抽到了三轩茶屋的公寓。

我们的抽签运很好，不管抽什么，都是一次就抽到。我们依旧住在中目黑的寺院，三轩茶屋的房间作为工作间，我自己两头跑。从中目黑到涩谷大桥，坐公交车。换乘玉川电车[2]，在三宿站下车，周围是幽静的住宅区。如果没带便当，我就在途中一间小小的天妇罗店买天妇罗。那间店由一对老夫妻打理。"好的，这就给您重新炸一下。"他们说着，将排在那儿的小鱼天妇罗再一次扔进滚热的油锅，"咻——"地炸好了，取出来用报纸包了，递给我。我沿着小河边的路走一段，拐弯到了工作室。

---

1 由日本住宅公团建设的小区，面向中等收入家庭，由于供不应求，租户或购买者需要通过抽签获得名额。
2 东急玉川线，旧称玉川电铁，1969 年大部分路段废线。

那是六叠[1]加四叠半的和室,不带浴室。有一个小小的厨台,不过没有餐厅和厨房。房子启用当天,我比其他邻居更早地将行李搬进去,打翻了装在公用楼梯上的灭火器,白色的泡沫喷涌出来,流遍了整个台阶。泡沫喷个不停,我不知道怎么让它停下来。有个劳动者模样的青年经过,我问:"泡沫淌出来了,怎么办?我来赔偿吧?"忙碌的青年像是嫌麻烦地说:"无所谓吧。"

我经常在那里住个一两晚,然后回寺院。其间,老婆带着小孩来玩。住的人还不多,三栋小小的公寓静悄悄的。到屋顶上也不见人,我和小孩在那里扔球玩。

从玉川电车三轩茶屋站出来,必须走过一条小路,两边是老旧低矮的民居,有种莫名的阴暗感觉。路边有租书店、给木屐装木齿的店、豆腐店、带着廉价感的蔬菜店,店里卖现炸的可乐壳和炸蔬菜。卖鸡饲料和蔬菜花草种子的店铺、万事屋、打磨锯子锯齿的店,一间间小店都显得没精打采的,房子好像随时会倒塌。没有一间店挂着像样的招牌,门口都贴着纸,写着拙

---

[1] 叠是榻榻米的计量单位,日本习惯用来计算面积。1叠约为1.6平方米。

劣的字。"有××""××到货""承接××"。

那条小路的某处还有间好吃的中华料理店，店面差不多就是间板房，名叫珍味轩还是万来亭（我如今彻底忘了叫什么）。打理那间店的只有一个单身的中国人，和我们混熟了。他问："你娶了日本媳妇，还是中国人？"我答道："娶了个日本女人。"他问："什么样的日本女人？"我望着老婆的脸，一本正经地答道："像这样的，和她长得很像。"小孩很喜欢他家有强烈蒜味儿的煎饺，她蘸着醋，很快就能吃掉一人份。我们吃木须肉（鸡蛋韭菜炒木耳），喝烧酒或五加皮酒。每盘菜都便宜得惊人，于是我们得以安心地长时间地坐在那间店用木板制成的颤悠悠的椅子上。

穿过那条小路，便到了三轩茶屋斜坡底下的商店街大马路上。每次到那个拐角，就感觉空气一下子变得流通，所以那条昏暗的小路一定通风不畅。要走长长的一段坡道才能到车站所在的路，我们在坡道上吃过砂锅饭、红豆年糕汤、蔬菜年糕汤。我们总是选看起来尽可能便宜的店，选好了再进去，不过我记得，就算是不贵的吃食，和那条昏暗的小路比，还是不便宜。

我们搬进高井户的公团住宅时，小区差不多住满了。好几个送报纸的年轻人帮我们把行李搬上四楼。每个送报人都要开发新的派送地，所以他们在任何时候都不松懈。牛奶店的人也来帮忙。我从附近一家叫作"十八番"的面馆叫了大碗拉面，请他们吃。不过，送报人还要帮其他人家搬家，像是没时间慢慢吃。老婆和小孩经常去"十八番"看电视。深泽七郎常来我们的公寓，感慨道："其他地方可没有这么好吃的拉面。"

搬到高井户之后，散步的区域一下子变大了。樱上水那边有家养老院，赏樱花的时候，我们常去。养老院有不让人看到内部的混凝土墙，还有能透过去望见住院人士的树篱。正门口有间小卖部，还能看到老人们在那儿买东西。我们也在小卖部买吃的。院内总是静悄悄的，却充斥着一种氛围，仿佛是老人们衰弱的激情。护工不紧不慢地晒被子，洗绷带等物品。有时会有出租车停下，年轻夫妇从车里下来，问我们："请问养老院在哪儿？"一位老太太畏惧地缩在出租车内，看起来，她正在预想此后不得不入住的命中注定的场所，并为此感到害怕。

不光是养老院周围，沿着长长的水道，一路都是有年头的樱树。这是条有往事的水道，是太宰治自杀的地方。

当时周边还有田地，一只只堆肥桶埋在地里，黏质土壤上到处是摘剩下的蔬菜。巨大的堆肥桶里堆满排泄物，如果掉进去就爬不上来，表面虽然是干的，里面却是液状。据说曾有中学生没爬上来，死在里面。还有座寥落的神社，那里也有樱花花瓣如雨般落了一地。

我们俯瞰水量丰沛的水道里蓝黑色的水流，半看不看地眺望头顶的樱花花瓣，同时慢慢地、慢慢地走去。河上有好几座短桥。那些桥不是木头的，是混凝土的，我们在桥上休憩，怀着各种各样的心绪。诸如，太宰是怎么漂下去的呢？太宰已经丧失意识，女人多半还很清醒，她在他旁边，是怎样死去的呢？

神社宽阔的院子总是湿乎乎的，有股落叶味儿。我们走了和来时不同的路，返回高井户。靠近铁道高架桥底下，有间小小的点心店，店里摆着供客人坐的椅子。我们常在那里买糕团点心，在店里吃。

高架桥边上有田地，还有小河。小河未经建设，没有清晰的河岸，边上建有看起来很危险的住家。除了车站高高的月台，附近的人家都被水淹过。原本公寓就建在填埋地上，挖开地面后，露出分趾鞋、旧皮鞋和内衣之类。为什么那样的湿地会被叫作高井户呢?

还有一个菜场,我们经过的时候,菜场是空的。秋天的庆典日,菜场的空地上摆着游艺摊子。

我们经常去荻窪的电影院,因为我接了给报纸写每月影评的工作。于是,刚上小学的小孩也爱上了看电影。一个负责电影专栏的报社记者以了然的口吻说:"上他家如果没人,只要去荻窪的大映、东映,或是松竹的电影院,就能找到。"

去荻窪,我们坐公交车。公交车停在荻窪站南口,电影院街在北口。从南口到北口,要么绕道,要么过交道口,感觉很远,赶时间的时候,我们便买票进到车站,然后穿到站外。那时,经常是看一部日本电影,出了电影院,又进到旁边的电影院,再看一部其他的日本电影。当时有许多新导演,大量运用让人惊异的崭新的手法,我连日本各家电影公司都分不清,首先得知道都有哪些电影,其中有哪些演员。"最近的《大菩萨岭》有一处可厉害啦。就那个,特别让人惊讶。"报社的人这么一撺掇,我就感到,不看一下是写不了月度评论的。"一上来就是让人震惊的场面。我告诉你吧,一开始就有上吊,而且不是一个人,是五个人。"

听他这么讲，去了一看，正像他说的，那部拍摄江户时代的推理恐怖电影有种故意让观众震惊的氛围。

我在电影院总是买三色冰激凌，好像是电影院从当地老大那边进的货，难吃得要命。把盒子扔掉后，里面仍流淌着面糊汤一样的东西，像蚝蝓。我们一家三口都爱吃**手撕鱿鱼片**，所以只要买到晒得干干的、宽宽的**手撕鱿鱼片**，大家都开心地吃。但很难买到那种毫不矫饰的、仅仅是把鱿鱼压平晾干的**手撕鱿鱼片**，装在小盒子里的鱿鱼片经常涂了讨厌的泛甜的调料，而且被裁成磁带一样的小条，让人失望。

电影院的隔壁有间天妇罗店。是一间像鳗鱼窝一样细长的店，从窗户往外看，地上摆着陶制下水管和便器等。走进细细长长的店里，比预想的要大，除了天妇罗，还有多得惊人的菜色。我们难得吃顿好的，所以夫妻俩急切地等待着天妇罗被送上来。我记得，小孩多半点了醋章鱼，她一言不发地吃着，舌头发出啪叽啪叽的声响。

去散步，就会吃到稀奇的食物。在同样属于荻窪的天沼租房子住的时候，我们几乎没在租屋的二楼做过饭，所以必须走到车站去吃饭。我们也没订报纸，因此，周遭的风景看似混沌，然而不管新闻怎么喧嚣，那风景却奇异地迫近我们。就算没有报纸，这个世界也实实在在地存在于我们的周围。我们远离国内大事，事件与事件互不关联，仅仅是被风吹着在我们周围铺展开。

那时候，车站的市场街仍旧是黑市。不让车辆驶入的步行街上满是人，人们相互避让。市场街上有炸鱼饼店、鱼店、蔬菜店、鸡饲料店、二手衣店，而且这些店铺彼此之间只隔着一块板。你可以在逛一间店的同时观察其他店。还有间鳗鱼店，只有一对老夫妇在打理。对老婆来说，坐在那间很难算得上是店的店里，吃一碗八十元的鳗鱼饭，是无上的幸福。她狼吞虎咽，瞬间就吃完了，之后一整天到晚上，她都兴高采烈。

在鸡饲料店，只要在老板耳边讲几句悄悄话，他就瞅着四周，打开铁皮箱的盖子，卖给我们黑市米。如果鸡饲料店没有黑市米，和印名片那家讲一声，很快就能买到。炸鱼饼店满是油烟，忙碌得让顾客想要帮把手。买什么样的炸鱼饼呢？圆的、细长的、扁扁的、里面裹了鸡蛋的，刚炸好的各式鱼饼排在那儿，看起来很好吃。

自从搬到高井户的公寓，我们多少远离了市场街的拥挤，俨然成了公寓的居民，和邻居打打交道，过着安静的日子。往四楼的房间走，如果遇上一楼到三楼的居民，就得打招呼。每栋公寓楼的墙上写着编号，让第一次来到小区的人也能找到。尽管如此，报社记者来过我家之后，开着车在小区内兜来兜去，找不到出去的路。

一栋楼有三道楼梯，每道楼梯的两侧各有八个房间。似乎男人们都在上班，很少见到。当然没有电梯，得爬上四楼，对现在的我来说，会是个难题。

我们对面的房间住着核物理学家一家，丈夫在某个政府研究所上班。那位丈夫老实又内向，平日几乎不开口。我们楼下的房间住着公务员一家，有时听见歌谣的声音。还吹尺八。他家的小女孩比我女儿还小，脸颊红红的。我们带她去过一次电影院，最后她哭丧着脸嚷道："我想早点回家！"公务员的妻子也有着红脸颊，她经常把报纸杂志上关于我的、即便是很小的报道给剪下来，送给我们。她怎么能做到将那么多报道毫无遗漏地剪下来呢？我搞不懂。

二楼住着一对从中国东北回来的夫妻。那家的太太是个细致的爱张罗的人。搬过去的第二天，我家小孩光着身子在那儿玩，那家的太太打开房门和我们打招呼，提醒道："哎呀，光着可不行。给她穿件衣服吧。"

底楼住着在贸易公司上班的基督徒一家。那家的丈夫和妻子都有着可爱的面庞。丈夫出自关西基督教的名门，不过他不怎么去教堂，常去美国。据说太太也是关西的望族，她性格沉稳，没有孩子。我老婆评价那家的丈夫："长得像马塞洛·马斯楚安尼[1]。"

老婆和那家太太混熟了。丈夫去美国出差期间，一天夜里，老婆去找他家太太玩。因为是冬天，烧着燃气暖炉。俩人愉快地吃着零食，聊着天。渐渐地到了十点，到了十一点。座钟的指针走得莫名地快。十点了，得回家了。老婆这么想着，再一看，指针忽然就到了十一点。她从座钟移开视线，不久再一看，已经十二点了。脑袋的运转也和平日不同。老婆不停地夸奖那家的太太，心里感到不可思议：我怎么会这样不停地夸人呢？我可真会夸人啊。咦，我又在夸她呢。她俩都有些晕头转向，却并不困。她们一点也没意识到那是燃气中毒。

等打开房门，一接触到外面的空气，老婆的心脏

---

1 马塞洛·马斯楚安尼（1924—1996），意大利演员，主演过《甜蜜的生活》《八部半》等。

和脑袋都感到一种仿佛要被撕裂的剧痛，她直接倒下了。她怎么都站不起来，于是像毛毛虫一样爬上四楼。时值深夜，她没遇到任何人。她也无暇思考那家的太太怎样了。即便如此，她仍然不知道自己吸入了燃气。她艰难地开了我们家的门，爬进屋。她"呃呃"地吐个不停。我对她说"你是不是燃气中毒啊"，她也没有清晰的认知。第二天早上，她仍然一脸苍白地躺着。她头痛，吃不下东西。

到了傍晚，浑身无力的老婆战战兢兢地按响那家的门铃。一直没人出来，于是她想，难道死了？终于，传来微弱的如同蚊子叫的声音。出来开门的太太披着睡袍，形同幽灵。原来，她在送走我老婆后进了隔壁卧室，同样是刚吸入不一样的空气便遭受剧烈的刺激，倒下了。她俩都难受得要命，所以只彼此确认了对方还活着，无暇多说什么。

像这样，有时候，人对逼近自身的危险尚未有所认知，便陷入意识不明的状态。连当事人都没能搞清楚，因此其他人唯有想象，而到了那时候，往往没救了。

川端康成选择用燃气自杀。或许他的方法是对的。毕竟，那两个女人不知道自己正在死去，差一点点就死了。

诺贝尔奖作家川端康成让公寓密闭的房间充满燃气，得偿所愿。他写下了《末期之眼》，他最后的时刻正是被那"眼"守望着。三岛由纪夫曾以另一种死法震惊世界，或许，三岛在那个世界的声音呼唤着川端。

三岛葬礼那天，当外面开始有些嘈杂，负责主持的川端立即提醒葬礼的出席者："要是有人闹事，葬礼就立即中止。除了去世的三岛由纪夫，还要考虑到遗属。"

三岛在自杀前差不多一个月，以一种虚无的口吻喃喃道："我最近开始讨厌川端的虚无主义。"三岛的死并非虚无的结果，而川端的死是不是虚无的证明呢？我并不打算加以确认。

正对着两个女人因燃气倒了霉的房间，住着这栋楼最年轻的一对夫妻。孩子们在小区里玩棒球，球砸到那家太太的耳朵，她负了伤。"好痛。而且脑袋疼。"她一次次讲述自己受到的伤害有多严重，但小区里的太太们谁都没放在心上。第一个注意到面包厂的臭味的也是那家的太太。其他太太们反驳道："你是不是**害喜**什么的，把自己的难受搞混了。"

建在公寓后方（事实上，面对着大马路）的面包厂，非常大。一开始，小区的太太们相互说："哟，工厂在旁边挺好的。说不定会雇我们做工。"工厂是主楼，此外还有些简易房。简易房紧挨着小区的树篱，上面还有小烟囱，几乎占领了公寓的整个后方。

我早上起得早，听见面包炉的铁盖子打开关上的嘈杂声响，也常看见过来上班的面包劳动者们做体操练剑道的身影。渐渐地，我注意到，烤面包的气味很浓。起先，我觉得那是一种好闻的气味。但我发现，大量的面包不同于在店里买的一斤装的面包，有种特别的气味，食物的压倒性的气味。煮**红豆馅**的时候（我不确定他们煮多少）气味最浓。那气味从简易房的烟囱冒出来。除了红豆面包，似乎面包厂在彼岸和节分[1]还做胡枝子饼和柏饼[2]。"我刚才瞧见，有个年轻的职工从简易房出来，朝着这边，对着篱笆底下小便来着。然后他就直接回了屋，他不洗手就做胡枝子饼吗？"人们开始感到在意，"那家太太说得没错。她才不是**害喜**。都怪面包厂。"

---

1 彼岸是指春分、秋分与其前后三天，各七天。节分是人日（1月7日）、上巳（3月3日）、端午（5月5日）、七夕（7月7日）和重阳（9月9日）。
2 胡枝子饼是椭圆形年糕团外裹粗豆沙，在秋分前后吃。柏饼是压扁的年糕团夹着豆沙馅再对折，端午节吃。

面包厂的业绩越来越好,建筑越来越多,从那里发出的声音与臭气越来越让小区居民们感到困扰。小区的代表前去投诉。工厂送来刚烤好的白面包,一条三斤,每户两条,送到每栋楼的各个房间。因为是刚烤好的,过了一会儿,四方形的白面包塌下来,变成三角形。过了几天,又送来面包。有少数人家吃不完,悄悄地扔在垃圾桶里。垃圾桶积满面包后,便被扔到焚烧炉。焚烧炉中渐渐堆满烧不完的面包,冒着烟,就那么塞在里面。

"夜里打开焚烧炉的盖子,好可怕。就像装着人的尸体。"

人们尚未处理完白面包的尸体,这次又来了葡萄面包。我感到,要和这处公寓告别了。

走出小区,过一条窄马路,去买食材。那个十字路口很危险。对行人和对司机来说,视野都很差。报社部长家的男孩被母亲吩咐,匆忙地去买东西。接着,他被卡车和电线杆夹在中间死去了。那之后,小区的主妇们便不敢让小孩一个人去购物。

我认识那个报社的部长。一天晚上,他带我去获窪的酒馆。其他报社的年轻记者也来了。我一个字也没提他死去的孩子。从他的口中,同样一个字也没提死去的孩子。我很清楚，他是痛苦的。喝着喝着，年轻记者开始活跃地打电话。那个年轻人对着电话讲个不停。他沉默地坐在近旁，听着那人的电话。"以前，报社的人不会像这样说话。"说着，他把那人手中的电话听筒啪嚓一下挂上了。记者怒了，质问他。他沉默地喝着酒。年轻记者不知道他最近失去了孩子，而且那孩子是被车压死的。他始终沉默着，年轻人一直在他身后骂骂咧咧。我不清楚那间店的老板娘是否知道情况。那间店像是他常去的，老板娘开车将我们送回公寓。他喝得大醉。好不容易才上到他住的那层楼。我也脚步蹒跚，将他送到他的房间。她太太开了门，说："对不起，还让您特意送回来。"那是强韧的妻子的态度，她从内心接受了烂醉的丈夫。

我下了他那栋楼的楼梯，爬上我们住的楼的楼梯，打开自家的房门。但我弄错了楼梯，里面是个陌生的房间。那家的太太莫名其妙地望着我，但她并未吃惊或觉得我可疑。

我们这栋楼还住了个美国人。是个老人，原先在田园调布有栋房子。年轻的日本妻子以前是他的秘书。外国人不能参加公团公寓的应征，但他以妻子的名义，总算住了进来。因此，他显得过意不去，总是谨小慎微。他养了一只大大的柯利牧羊犬,这同样违反规定,所以他一大早或深夜带狗出去散步,然后慌慌张张地把狗藏起来。他的生意失败,一定是为了缩减开支,才买了一套不怎么像样的小居室。他曾是美军军属(作为军人年纪太大了),据说在离开军区后开始做生意,还送过我家小孩塑料黑管和白铁皮做的木琴,大概他做的是出口或进口玩具。

我是第一次见到穷美国人。他就连走到车站也显得艰难,拖着沉重的脚步。我和小孩握着羽毛球拍,问他"玩吗",他赶忙摆手拒绝。我和老婆议论道:"为什么卡德先生不回美国呢?像他那样住在日本,也没什么意思。"

过圣诞节的时候,他们邀请了我们两口子。他本人是个大块头,加上巨大的狗,刚生下的婴儿(当然是日美混血),太太和她的母亲,房间看起来被塞得满满当当。总之端出了美国风格的食物。然而,他家很难说具有美国氛围。据说他参加过墨西哥战争(我们无法判断那是什么时候的事),此外还去过欧洲各国。

经由他太太翻译,他说:"日本人应该多吃些肉。高井户的肉店卖的牛肉盖了紫色的章,那可不太好。"又说:"豆腐没有味道,毫无意义。土豆本来是作为主食吃的，你们把土豆当菜，吃米饭，我理解不了。"

据说他走过日本各地，他做着手势，解释北海道的筋子[1]有多美味。"把筋子放进瓶中，倒上酒和酱油，等一阵再吃。啊，那滋味美极了。"他夸张地感慨着，又说，那东西可便宜了。

他家的婴儿叫作艾玛，在公寓很受欢迎。我老婆用八毫米摄影机拍下了混血小女孩玩耍的模样。艾玛比日本男孩的动作更活泼，而且表情生动。他家日本太太的母亲说："外国人的孩子果然还是不一样啊。"可以感到，做爸爸的年纪大了，看起来不会有孩子却有了，所以他格外宠爱那个孩子。人们相互说："她以后一定会上混血儿出风头的电视节目，说不定会成为偶像。"然而，艾玛的心脏不好。我们从高井户搬到赤坂的公寓不久，艾玛做了心脏手术，可还是死了。

艾玛死后，美国老人依然像艾玛活着的时候一样，让一个长得和艾玛一模一样的人偶坐在艾玛的椅子上。然后他画艾玛，事实上，他画的是人偶。老婆将八毫米胶卷送到他们家。或许，那个离开祖国的外国人不

---

[1] 连同卵巢薄膜一同腌制的鲑鱼子。

断在心中描绘艾玛的回忆，然后死去了吧。安保骚动[1]的时候，他没有和他太太打招呼，穿着单衣和服突然来到我的房间，像是无比意外地说："为什么日本人要反对日本政府的首相岸先生？岸先生才是真正的武士。"他比什么都害怕日本制造的玩具不能出口到美国，所以才有那番发言吧。

他的画是童话风格的风景画，仔细地描绘了房屋和花等事物。他尽可能花时间完成一幅画，那或许是为了节约经费并让期待长存的手段。他的画与亨利·卢梭相似，是没有芳香和想象力的外行作品。我送了他彩纸，作为交换，他在彩纸上用毛笔写了英语给我。他像是担心自己头一次手写的彩纸是否还在我这里，担心地问："还——在吗？"我拿出来给他看，他便露出放心的神色。美国老人的日本妻子也一道在彩纸上写了字，她那张上写着："祝好邻居幸福。"

我们买下八毫米摄影机，是因为有人共同出资。一天，我对老婆说："有件事和你商量。"我的口吻过于严肃，老婆吓了一跳，心想难道是要谈离婚。"其

---

[1] 1959—1960 年，以及 1970 年，有过两次围绕《日美安全保障条约》的市民抗议活动。武田家从杉并区上高井户的公团住宅搬到港区赤坂的公寓是在 1960 年，此处应是第一次安保骚动。

实，刚才我们在S君那里谈妥了，打算买个八毫米摄影机，拍一部厉害的八毫米电影。我和他都经常看外国电影，也经常写影评。S君外语好，还翻译了外国影评家的书。我们的电影公司的名字都已经想好了。如果从S君的朋友A君他弟弟那里买，放映机和摄影机都可以打八折。"

老婆反对这一计划。我提出一个好建议："这样吧，让百合子当这间公司的总经理。这样就行了吧。"于是，想成为总经理的老婆立即同意了。

买回摄影机后，我也很少用。"唰"的一声，胶卷开始转，如果不停，就会一直转。在那个瞬间被胶卷摄下的光景，最终，是我手中的摄影机的工作成果。而且我这人手抖，对我来说，摄影机实在是个危险的玩意儿。"我没事的，你先拍。"S君客气道。而我硬是推给S君："总之，你来拍比较稳当。"

S君抱着我们共同所有的八毫米摄影机，来喊我。"从走出公寓开始，不，从下楼梯开始吧。"说着，他匆忙地奔出去。面对隔着一定距离的摄影机，我们两口子像天皇和皇后似的，静静地走去。"不对，等一下。角度不太好。你们再往前走一点，我再慢慢拍。"S君像是拍累了。

走了一段路，胶卷用完了。S君赶紧刷拉刷拉地拨开灌木丛，钻进去换胶卷。因为他特别害怕让胶卷曝光。他解释道："早上的光线最好。我们去蓼科的时候，我拍了大家散步的模样，果然还是在倾斜的光线下拍出来显得鲜明和好看。"不管光线是倾斜的还是颠倒的，只要让我举着摄影机，我的手就会抖得画面一片模糊，所以只能仰仗S君的能力。

法国电影导演们的新浪潮被介绍到日本，匈牙利以及波兰的作品陆续被引进，给人们带来震撼。在日本，获得期待的新人导演们开始做崭新的工作。S君和我自以为懂得他们的工作，甚至是太懂了。但对我来说，八毫米摄影机本身让我没辙。为了将我们的作品卖给电视公司，我原本打算向"公司"出资，然而作品一直没完成。

住在附近的大学教授以及小说家主动来参与八毫米摄影机的运用。大伙儿去井之头公园赏樱的时候，大学教授举着摄影机，十分活跃，甚至蹲进洼地，把脸贴着地面拍摄。小说家拍的那卷胶卷映出吉祥寺一户朋友家苦于漏水的洪水风景，上面还重叠映出我坐在飞机内的模样。此外还叠映了慢吞吞的舞蹈场面和我不停吃东西的模样。

我们召集蓼科的朋友，在 S 君的家里举办"蓼科会"兼八毫米大会。总之就是一群人找个名头聚在一起喝酒的集会。忘了是录音带还是唱片，总之奏起 S 君选的西洋音乐，画面上映出从各种角度拍摄的日本友人的步行姿态。每个人都无力地吃着，走着，像是有些不知所措。据说 S 君的太太反对他用八毫米摄影。我还没去过蓼科。因此，我也不曾加入在蓼科高原散步的愉快的一伙。自称蓼科大王的梅崎春生[1]一脸茫然，又像是有些无聊，坐在放映会的席间。

等到我们一家受梅崎的邀请在蓼科度过整个夏天的时候，八毫米摄影机的事早已被抛到脑后。S 君正好去欧洲旅行，不在日本。梅崎事先奔走一番，终于为我们一家找了个独栋。那是一栋出租别墅，有个种满赤松的院子，正对着一条窄路。路上，别墅住客来来往往，络绎不绝。我们带了一只见人就叫个不停的博美犬，为了将它拴在哪里而犯愁。它对家人以外的人绝不亲近，叫得就像被火烧着了一样。

每天四五次，农民把吃的背在背篓里，上门兜售。大福、胡枝子饼、海苔卷寿司、豆腐皮寿司，还有杂

---

[1] 梅崎春生（1915—1965），小说家，与武田泰淳同为"第一次战后派"的代表人物，其代表作为《樱岛》。

豆年糕。有间茅野的鳗鱼店听了梅崎的介绍，来到我们家，他家的鳗鱼很贵，我们没买。鳗鱼店的人讶异道："我听梅崎老师讲，你们家在东京特别爱吃鳗鱼，所以才来的。"

梅崎不光对他自己的两个孩子，对我们的小孩也多有关爱。看到我家小孩没有带任何玩具，乖乖地待着，他说："太过分了，你们把孩子就往这里一扔。"我女儿（当时是小学五年级学生）在纸板上画线，做成棋盘，又把纸板剪成圆形，涂成黑白围棋子来玩，他实在看不下去，在山下的商店买了军棋给她。

我老婆带孩子去温水游泳池，教她游泳。梅崎的孩子们也来游泳。之后我家小孩说："我还想再玩一会儿。"老婆打算趁她玩的时候去茅野买东西，开车载了S君的太太还有梅崎太太，一道下山。离开前，她对孩子说："我回来之前，你不能离开这里。你要是走了，我会不知道你在哪里。"那地方稍微偏离公交车和私家车驶来驶去的马路，是个安全的所在，但正好对着车扬起的烟尘。老婆难得去一趟茅野城，到处看和买东西，久久不归。我家小孩按照她的命令，一步也没离开约定的场所。盛夏的阳光灼灼地照下来。小孩的脸溅了尘土，变得像只黄猴子。

梅崎家的孩子们劝道："回我们家等吧，我们会带你回家。"但她没有动："我要在这里等。"到了黄昏，老婆的车回来了，孩子仍然按她说的，孤零零地站在那儿，身上像撒了一层黄豆粉。做妈妈的多半忘了自己给出的命令，沉浸于旧货店、小河上的桥和老城。

梅崎家的儿子眼中带泪，向梅崎告状："那样的家长太过分了。阿花好可怜。"只要一来劲就没了时间观念，是我老婆唯一的恶习。

鬼姬的散步

运动会。

作为家长，要去参加女儿的运动会，而且是在R女子学院盛大的运动日，那里的学生全是基督徒女孩。

当时，我老婆是怎样的状态呢？

那是在住在吉祥寺的某大学教授的家。他们邀请了住在吉祥寺的小说家、我们两口子和小孩，一起去他家做客。老婆来晚了，她下定决心，要早些喝醉，不能输给其他人。

大学教授将他珍藏的唱片一张接一张小心地拿出来，放给我们听。从格里高利圣歌开始，到了意大利歌剧。教授夫人提醒道："瓦格纳我可听不来。吵得很，听着头疼，你别放那个。"于是教授解释了歌剧《卡门》的欣赏重点，同时微妙地挥动双手，仿佛在亲自指挥。"听，这是爱的主题，下面是死的主题，仔细听。"我认真端坐，如同优等生在听老师讲课。老婆东张西望，一直在舔嘴唇。

接着,她开始动个不停。教授慌忙把古典乐唱片收进封套。他看似不经意地挡住我老婆,不让她靠近昂贵的唱机。老婆以前在音乐咖啡馆工作,早就听腻了古典乐,只要一响起庄严的音乐,她就感觉难受,仿佛嘴里有股蒜臭,或感觉到劳苦的气息。她从椅子滑到榻榻米上,把腿一伸,瘫坐在那里。小说家和大学教授为了稳住她,各自从两边给她倒酒,她摇着头,漫无对象地说:"真会照顾人。用不着这样。"她的上半身已开始摇晃。她脱口而出:"是知识分子啊。这家,是知识分子。我讨厌,知识分子。"她的双腿与双臂自由自在地忽而弯曲,忽而伸展。两位友人一脸酒醒了的表情,盯着她危险的躯干中心看,她整个人一旦开始晃动,就停不下来。

她趴下了,样子不对劲。于是大学教授说:"我给她打针吧。请等一下。""打针啊,能有效果倒好了。"小说家说着,蹲下身,想要扶她起来。"没关系的,这只是让她醒过来的药。"教授以专家的姿态握住我老婆的胳膊。她每次喝醉了都这样,我完全没上前帮忙,不搭理他们,心想,又来了,我才不管你呢。

旁人都以为她失去了意识,这时她忽然站起来,口齿清晰地说:"哎,你们这样可不友善。"接着,她又失去了意识。然后她又异乎寻常地恢复了清晰的神智，不停地骂人。"没办法，她都这样了，只能让她躺下。""没错，今晚还是住在这里为好。"那两个男的谈妥了，不知不觉中，我们一家三口在教授家住下了。老婆在无意识中不停地呕吐，然后尿在了坐垫上。

"哎呀，糟了。"教授太太吃了一惊，拿出她自己的内衣，把我老婆湿掉的内裤给脱了，为她换上另一条。

小孩当时好像一直静静地待着，吃了她能吃的东西。也可能她和教授家的两个男孩玩儿来着。小孩被遗忘了，她大概心情惨淡地想，妈妈好烦啊，我明天要参加运动会来着。

第二天是运动会。她让孩子先去会场，她自己好不容易做了便当，晚些出门，只要脑袋一动，无论向左还是向右，她都感觉想吐。如同一只不小心来到地面上照到太阳的鼹鼠，她长时间地闭着眼，抱着便当，坐在向阳的草地上。就是说，其他太太们在享受运动会，可她根本没法和她们聊天。

从前她在R酒吧工作，一到黄昏，肚子就饿得不行。站在那儿，腿就开始抖。这时，只要咕咚喝一口给客人的烧酒，她就感觉肚子饱了。她生出凛然的勇气,眼睛开始闪闪发光。她喝了"炸弹",也喝了"辣眼"(醉意会像爆炸一样席卷全身,光是将嘴巴凑近酒,眼睛就像要裂开一样疼。也有人喝了之后失明)。

那间酒吧一直不缴税,每当税务员抱着包来催缴,老板率先从后门逃出去,接着,酒保也逃走了,她也逃了。税务员追赶在他们身后。他们弄翻了垃圾桶,像侦探剧一样,又是躲,又是害怕,兜圈子跑来跑去。

酒吧老板当过画家们的赞助人,用名画家的作品装饰店堂的墙。为了逃脱税务署罚没资产的视线,那些名画被放在她的名义下。她对名画毫无兴趣,把毕加索说成毕加利,满不在乎地说:"那个叫毕加利的,他的画可怪了。"

如果没有饿肚子这件事,我们或许不会结婚。不饿肚子,就不会喝酒,不喝酒,我们的行动就不会那么自由自在。我当时也一样,只要吃上一盘在大锅里咕嘟咕嘟煮着的下水,喝个一两杯烧酒,我就变得无所畏惧。偶尔,我会带她去寿司店,吃豆渣上摆着贝肉的寿司,或是在外食券餐馆[1]吃一块不知道名字的大

---

[1] 1942年,日本开始执行粮食配给制度,外食券餐馆应运而生。不做饭的人凭粮本换外食券,在外食券餐馆吃饭。外食券餐馆的营业资格由政府指定。随着粮食情况的好转和民营餐馆的增加,外食券餐馆在1951年前后逐渐消失。

鱼的肉，想要请她吃点特别的，就去炸猪排店。

只要有人请她喝酒，她就能一直喝个不停，她曾被称作"大酒鬼""大酒虫"。

她从 R 酒吧被挖角到 S 酒吧，是因为她有让客人多花钱的技巧，她不讲任何漂亮话，光是沉默地坐那儿喝酒（既然这份稿子由她本人做笔记，我想不存在侵犯隐私的问题）。

有一次，夜深了，酒吧关门后，喝醉的她爬到废墟空地的垃圾箱上，不肯挪窝。朋友指责我不够有人味儿："都是因为你讲了怪话。"她把垃圾箱当作阵地坚守着，不愿从那上面下来。她浑身喷出怨恨，仿佛连头发都要倒竖起来，和动画片里的"鬼姬"一模一样。活跃在白土三平的《佐助》[1]中的大眼睛少女，一直执念深重地跟着佐助，想要取他的性命。她是与猿飞一族敌对的九鬼一族的幸存者。她无比好胜，忍术也格外高超。她绝不反省。她吹奏暗笛招来毒蛇，到处设下火药，朝四面八方射出手里剑，一旦失败，她的脸色难看到让人震惊。

她爬到箱子上，紧紧地攀着，嘴里骂骂咧咧。我

---

[1] 从 1961 年 7 月到 1966 年 3 月在漫画杂志《少年》连载，1968 年被改编为动画片。

把她拽下来，走在深夜的神田街上。她的头发又黑又长地垂下来，我有个印象，我当时边走边揪着她的头发（我口述为"扯着"，她订正道，是揪着）。

在进驻军专用的夜总会门口，单单那一块地方投下明亮的灯光。门童吹着晚风，站在门口。一直铺到门口的红地毯伸到人行道上，我在那上面尽可能大声地吐了。我吐的量实在太多，且速度太快，门童吃了一惊，无暇制止。

现在，没有鬼姬，我就无法生活。不知该为此悲哀还是高兴。

运动会。不管是在上海的日侨集中区，还是我在战争期间工作的日本出版会[1]，都举办过运动会。在出版会的运动会上，平时不运动的职员们突然跑起了步，腿一下软了，有人摔倒。我所在的海外课，中国课的同伴穿着中式长衫来看热闹，他像个中国闲汉一样，死盯着看了一阵，留着小胡子的脸暧昧一笑："搞什么嘛！"他摆出有钱人的架势，将海外课法语德语的年轻人带走，请众人吃了蜜豆。大个子、皮肤黝黑的小胡

---

[1] 1941年10月，武田泰淳就职于日本出版文化协会（后改名为日本出版会），在此工作到1944年5月。6月，他为逃避兵役赴上海，在中日文化协会附属东方文化编译馆任出版主任。

子男人吃蜜豆的模样，如同近卫首相吃惊或开玩笑的样子。当时，我还不爱喝酒。仔细想来，我作为出版会的职员，就在战后的 R 酒吧附近工作，我上班的地方离那儿不到一米。

又扯远了，聊到了 R 酒吧（毕竟我因为脑血栓，有时失智，有时清醒）。

战后，她从哥哥家跑出来，成了一个黑市小贩。她养成了习惯，将受管制的巧克力和糖果卖到 R 酒吧，一拿到钱，马上成了那间店的客人，喝起酒来。就这样，在 R 酒吧，她作为客人，把从黑市赚来的钱全花了出去，不知不觉间，她住进酒吧二楼，开始在店里工作。酒吧进了黑市的私酿烧酒，偷偷地卖，所以文人们开始去那间店。每当烧酒售罄，她就抱着冰激凌机（形状像一只桶），跑去朝鲜人开的私酿作坊进货。店里总是摆着两瓶一组的茶色二合[1]瓶，一瓶装了烧酒，另一瓶装了水。两瓶一组放到客人的桌上，巡警进来巡查的时候，便将酒瓶藏起来，只把水瓶留在桌上。酒瓶上写着暗号 K（私酿烧酒的缩略），喝醉之后，经常会搞错。有一个客人喝得大醉，爬到警亭附

---

[1] 一合为 180 毫升。

近，大喊："我刚在R店喝了烧酒！真开心啊！"巡警听了，连忙跑来斥责。

我从什么时候住进酒吧的二楼呢？"留夜"一词，听起来像明治大正的浪荡子，但我完全没有那种风流心。首先，若用"留夜"称呼R酒吧的二楼，那地方实在是满地尘埃，并且荒凉。我一丝不挂地从地毯和破被子之间爬出去，站在楼梯口，一名客人便气鼓鼓地说："什么嘛，是你啊。我还当是个流浪汉跑出来。"

如今正受瞩目的流行作家远藤周作也曾是常客之一。不知他当时正在念庆应还是刚毕业。他起初被前辈带来，此后常常露面。有一回，我惹得其中一名客人不开心，形势变得险恶。远藤喝道："喂，你干什么呢！"说着，他站起身。他是个高个儿，不过看着没什么力气。他喊了声"喂"，扑向对方。恐怕他是因为同情我，想要帮我，是怀着基督教的爱与愤怒面向恶魔吧。远藤君晃了晃。对方也晃了晃。桌椅也晃了晃。以平局告终，两人立即安静下来。远藤君累了，辛苦地呼呼地直喘气。我当时还不知道他是基督徒。他的基督教信仰尚未为人所知。他帮我多半并非基于基督教的爱，而是基于"无义不成勇"的东洋道德。

我在约定的日子前往S酒吧，她去看赌自行车赛，不在那儿。我在上海时代的朋友 T 君来寺庙玩，我像个风月老手一样让他与我同去。"我带你去个好地方。"T 君开心地跟着我，说："酒吧的二楼？你还知道那样的地方吗？"我怀着风流的心情，仿佛自己是个靠艺伎吃软饭的男人，在二楼小房间摩挲着长火钵和其他东西，让朋友对我怀着羡慕，直到她在自行车赛上把钱赌光了，没精打采地回来。

上海时代的那个朋友着实是个奇妙的家伙。他长着宽脑门，说不定是个头脑极好的人。他在上海当过电话公司的课长，在战后的东京也担任了国际电信电话公司的课长。听说他也想写小说，他特别想了解文坛的情况。

三岛由纪夫出名后，T 君说："有一次，三岛去听年轻作家演讲，我想，如果这地方落下炸弹，文坛就会有空缺，差不多能有三个人填补空位。"

从神田铃兰通进去两条还是三条路，就是 S 酒吧。松之内的 S 酒吧静得有些瘆人。酒吧后面仍是烧过的废墟。老板娘对我说："冰箱里的东西，你随便吃。"但我不好拿别人家的东西。"吃火锅吧？"老婆模仿店里提供的餐食，开始准备火锅。T 君对她说："下回来的时候，我给你带高级毯子。毯子，你想要吧？"她已经喝了酒,脑袋一片混沌,只觉得"这个大脑袋的人好像在说什么",就仿佛对面坐了个初次见面的火星人,而她全不在意。

我们送T君回去,顺便三个人在街上散步。有个滞后于时代的露天摊子在卖草纸。草纸被捆成小捆和大捆,搁在摊子上,分别用大大的字写了价格。她看了价格,拿出相应的钱,"啪"地扔在摊子上,像抢一样一言不发地拿了一捆草纸。T君感慨道:"哇,你买东西的样子真洒脱。"

那时,她特别爱买三角签。从骏河台下通往小川町的人行道上,有个三角签的摊子。买的时候,把三角形的两边撕开,打开签纸。看一眼老板身后的数字,立即知道自己有没有中奖。她只要没中,把签一扔就走了。该是她把买签的随便态度带到买露天摊的草纸吧。

当日本即将战败的色彩变得浓重,住在上海的日本文学青年们仍在发行同人杂志。我和T君都是其中的一员。搬到日侨集中区之后,T君经常出现在我寄宿的亭子间(上海独特的二楼夹层房间)。听说电话公司为职员们事先留了一笔钱以备战败后之需,所以他有钱。他一来,我就拿了他的钱,出门去买酒和肉包。

他有时带一个女人来。那女人是某种女中豪杰，比他年长。该女杰还会柔道，在战败后仍然很有朝气。"刚才来的路上，有个中国坏人想要对我动手动脚，我把他扔出去了。"她毕竟用了力，说这话时喘着气。T君在她旁边露出像是怕痒的笑容。或许T用我的房间和女杰鬼混。总之，我从他那里拿了钱，到街上的酒馆和包子店跑腿，然后回到自己的房间。"你喜欢怎样的女人呢？哦，哦，"他试图问我的喜好，"这样啊。原来如此。"说着，他点头，做沉思状。

T在回国后来过我住的寺院，还有其他租的房子。神田就不用说了，他还来了杉并天沼和高井户。我感到不可思议，他的工作那么忙，为什么一次次来我住的地方呢？有时，他带着他太太做的便当，上午就来了我家。我、我老婆和他还一道去过上野的博物馆。我们进了博物馆餐厅，T君打开便当袋吃他的饭菜，我们吃餐厅的食物。我们三个去到博物馆安静的草坪上，慢慢喝了自带的酒。看起来，做这些事，他愉快极了。到了回去的时候，他忽然变得没精打采。我不知道，转为颓靡的他是就那样回家还是回公司。我老婆去了博物馆的厕所，很快出来了。他自言自语道："女的好快啊。"

他热爱文坛。得知文坛人士的动向，对他来说是无上的愉快。他无论如何都想亲眼看到由三岛由纪夫主演的电影的拍摄情景。没人喊他去，他却一直站在摄影棚的正门。后来，保安不管他，他就进了摄影棚。我感慨道："你居然能进去。"他本人也像是感到不可思议："我无论如何都想进去。一定是因为那样，才能进。"

他还想看文艺春秋主办的文人业余话剧。当然，他没有收到请柬。但他在上演当天站在剧场门口。他盼望着自己能像被拉进去一样进到里面。在上演的前一天，他来了我的租屋，向我诉说："我太想去了。但我拿不到请柬。可我就是想去。"当天，我老婆慌忙奔到剧场，T君站在入口处。老婆说："哎，那你和我一块儿进去吧。"他俨然像个到手入场资格的人，混在一群文人当中。在剧场的地下室，文人们已经喝起了酒，吃起了寿司和关东煮。他们先用请帖在剧场入口换了餐券，然后凭餐券吃喝。就连餐券，他也一定从我老婆或其他文人那儿拿到了。就这样，他混进他们中间，将文人的滋味嚼透了，饮入腹中，不知不觉间，他兴高采烈起来，仿佛自己并非外人，而是文坛内部的一员。

文坛。那玩意儿仿佛存在，又仿佛不存在，是奇异的存在。一旦混入其中，之后只要认定自己是文坛的一员，就行了。他混进去了。然而，他时刻怀有自觉，自己是外人，仅仅是混进去的。因此，他的周围萦绕着孤零零的寂寥。他为什么那么喜欢文坛呢？如果他不爱文坛，甚至可以弃文坛如粪土。但他说到底还是喜欢。喜欢得不行。没有人能对他的那份喜爱加以苛责。去年，他死了。他太太写来了信。信中写道："亡夫从过去就有志于文学……就像个孩子一样，对文学怀着憧憬。"

我有不少反对安保条约的朋友住在吉祥寺附近。受《周刊朝日》的委托，我也到了国会议事堂附近。老婆孩子想要看热闹，也跟着来了。在街头，报社记者买了"反安保豆沙包"给我家小孩。大学生们井然有序地走着，都显得年轻而有朝气，感觉很好。指挥的人喊他们"学友"，听起来很端正。革新派的议员站在高出一截的地方向游行队伍问好，那个人不怎么年轻，而且感觉他是勉强接住了群众的浪潮。

老婆之前不太愿意给吉祥寺方面捐款，但她看起来想要为朋友们助阵。大学教授对她说："像你这样不分青红皂白就加入我们的人，是最让人困扰的。"她听了若无其事。似乎游行对她来说是一种有趣的散步。她并不赞成他们"无声之声"的主旨。讨厌团体的老婆想了个混进去的办法。她独自去到赤坂附近,等游行队伍到来。

一群共产党人走来,她跟在他们的队尾走了起来。走着走着,她觉得这支队伍的气势不足,于是走进她中意的另一队。那支队伍走到警视厅的一侧,人们嘴里喊着"返还尸体",挥舞着拳头,她也跟着喊,跟着举手。有个巡警从警视厅的窗户探出脑袋,讶异地望着游行者。谁也不知道究竟有没有尸体被收容在内。"这里的地下室里,全是学生们的尸体。"游行者之一压低嗓门告诉她。但这种事无从查证,她仅仅是因为边走边喊太愉快才那么做。

夜晚的游行当中还混进了色狼。他把这看作是难得的机会,去触碰那些情绪激动的女性的身体。"反对安保!打倒岸内阁!反对安保!打倒岸内阁!"他合着口号,贴着人走,和人挽着胳膊,牵着手。色狼的手心潮乎乎的。游行结束后,他问人:"去喝个茶吧,聊一聊。"有人拒绝道:"不去了,我很忙。"他又走近另一名女性,开口相邀,结果又被冷淡地拒绝了。"我没时间,得马上回家。"老婆想,这人出现在这种场合,是色狼中的高手啊。

"关于食物的仇恨是可怕的。"老婆说得像在恐吓谁。战后，她在黑市的摊子上卖点心，经常被警察取缔。警察会把点心掰开，看里面有没有用赤豆。被掰坏的点心就没法卖了。警察们开了卡车来，把他们没收的黑市食品全部装进车里。就连客人正在吃的拉面，也被警察连同面碗一起扔过去，汁水从大桶溢出，面条挂在桶的外侧。"畜生！这个仇我可不会忘！"她和做买卖的同伴含恨目送这一幕。拉面摊的大叔叹道："搞成那样，我都哭不出来了。那样谁会吃啊？警察吗？"

对政府来说，取缔黑市刻不容缓，然而对她而言，仅仅刻下了鬼姬的仇恨与愤怒。政府的总理不过是个基督教社会主义的温厚政治家。总理很快引退了，住在片濑一带。老婆（我也一起）搬到江之岛后，发现了搭乘江之岛电铁的前首相。附近的居民和铁道员似乎都很敬爱那位前首相，而她独自诅咒道："那样的家伙！我最讨厌清贫！"我也在江之岛车站望着前首相矮胖又寂寥的身影，心想，看起来不像是我老婆讨厌的那种坏人啊。如果他是个坏人，应该能更好地运用警察吧，也就不会招来街头巷尾做黑市买卖的女人们的怨恨吧。想归想，我没对老婆讲。

因此，她也一道讨厌上了与前首相有关的革新政党。电视转播的政治讨论会上，每当革新政党说什么，她就用手掩了口，不笑出声地加以嘲笑。但就我所见，她也嘲笑了保守政党。

她评论电视屏幕上的大臣："别看他做出那副表情笑着，他一定是个坏人。只有坏人才能成为大人物。"她满怀自信地嘀咕道："负责采访的记者到了他那里，他在一升装的酒瓶里塞满千元钞，说，你拿走吧。一定是这样。到了选举前，他和人约在桥下，把钱装进信封，扔在那儿，和他有约的人捡了钱走。我可是一清二楚。"只要被她认定为某种人，就洗不清了。清贫的家伙是落魄的，有精神的家伙一定是坏人。她也有精神，但她不在其列。

有一个爱攻击人的共产党员来我们位于高井户的家玩。他曾经在北海道大学哲学系当助教。辞掉大学的工作后，他帮忙搞了一阵新戏剧运动，又在煤炭研究所工作。他是个特别容易过激的男人，如果恋人抵达幽会的场所迟到了，哪怕只迟到少许，他就会用有力的双臂痛打恋人，让对方的脸都变了形。我当过他的结婚保证人。他在我们家环顾公寓的内部，发现有电烤箱和电炉,就恐吓我老婆:"马上就要革命了,这些东西都会被拿走。公寓和其他东西,都会成为共产党的。你说不定会被吊起来。"于是老婆气呼呼地反驳:"哼,野坂参三[1]也穿着特别高级的西装,不是吗?而且他的脸和天皇陛下一模一样。"她一直认为野坂参三的脸与天皇相似是"宿命",总之,她太想要驳倒那个年轻的共产党人。年轻人傲然吃了好几张蔬菜煎饼,喝了许多酒,大声吓唬她:"马上就要革命了……"

"老师,可是煤炭不景气啊。我们煤炭研究所在努力做研究,但煤炭怎么都打不过石油。煤炭研究所的人都没精打采的。但是,马上就要革命了……"他毫不厌倦地说着。他后来一直在煤炭研究所工作,再后来去世了。他在北海道大学一起当助教的同事(如今是基督教名校的教授)打电话告知他的死讯。

与他相反,还有一个非常温和的共产党员也来过我家。他是一位英国文学学者,在浦和高中比我高一届。他来请我捐款,像是有所顾虑,且很不好意思。我从战争期间就很了解他家的情况,同时,我也很清

---

[1] 野坂参三(1892—1993),日本政治家,共产主义者。

楚他的诚实。从他的服装和其他一些细节可看出，他非常穷。我称赞他："你一直在坚持啊，真厉害。"他答得仿佛在谦虚："嗯，我这也是没办法。"他有个同伴，和他一样是浦和高中毕业的，和他一样待过柔道部，比他精通世事，成了党内的大人物。他用充满信赖的言辞怀念地谈起那个人："那人真能干。真是个厉害的人。"

就连我也感觉到了，以他的性格，很难在左翼政党内出头。脸色苍白的他只会认真做事，既不会吓唬人，也不会搞宣传。我老婆莫名地觉得他可怜，做了炒饭给他吃。老婆在心里感慨道，真是个有格调的人，他一定很穷。他只订阅了《红旗》，我老婆从订的大报获得的那些新知识，他也一无所知。他像是有些惭愧地说："因为我只订了《红旗》啊。其他的事，我不太清楚。"老婆再一次感慨地想，真是个有格调的人，那是真正的清贫。

不久，他从苏联写来明信片，我们得知，他作为《红旗》的特派员被派驻莫斯科。他脱离贫穷的生活，到了新的舞台上，我们为他高兴。

1　由日本共产党中央委员会发行的日报，创刊于 1928 年，最初不定期发行，1935 年停刊，1945 年复刊，1977 年改名为《新闻红旗》。

我为了赴 AA 作家会议[1]前往开罗，从开罗搭乘苏联的飞机，与苏联文学代表团同一航班，直飞莫斯科。在莫斯科的宾馆，因为有点时间，我便给他打了电话。我没有他的地址，也不知该如何给他打电话，所以请一位专门研究日本文学的俄罗斯女士联系他。看来运气很好，话递到了，他来到我在宾馆的房间。

"刚来的时候，冷得受不了。还有就是，虽然有吃的，但食物和日本不一样。"他一如既往，以不起眼的朴素态度说："我的两个孩子念这边的学校，俄语很快就变得流利了。我的俄语不行。"外派员通常有紧张的锐利眼神，但他完全没有。他身上也看不到商社职员那种敏捷的礼貌、活力和竞争心。我并未问他关于日本和苏联共产党的复杂内情。我们连一杯酒也没喝，仅仅知道了对方别来无恙，便告别了。

我不清楚他的近况，如今他是否还健在呢？因为《文艺春秋》的工作，我和宫本显治[2]做过一次对谈，谈到他，我说："那人在共产党当中是个少见的好人

---

1 1962 年 2 月在开罗举办的第二届亚非作家会议。会后，武田泰淳与堀田善卫在埃及、法国和西班牙旅行了一个月。
2 宫本显治（1908—2007），政治家、共产主义者、文艺评论家。从1958 年起担任日本共产党总书记，1970 年，总书记改为委员长后，继续担任日本共产党委员长到 1982 年，此后又任日本共产党议长到 1997 年。

啊。"宫本氏苦笑着答道："怎么会，我们都是好人。"

总之，我老婆讨厌那些吓唬人或是装腔作势的人。倘若兴起革命，她买的那些喜爱的物品被人拿走，她会受不了。如果这世界发生改变，她最喜欢的那些恶俗的深夜档电视节目被中止，她会不开心。她神经质地说："要是让公明党得天下，他们就会开始横着走吧？看看创价学会的运动会，真吓人。公明党的议员都是一样的光溜溜的脸，一样的贴着脑袋的发型，一样的说话方式，让人不爽。"

她不喜欢任何一个政党，尽管这样，到了投票的日子，她声称"我可不会弃权"，前去投票，并在电视上观看她投的候选人是否当选。据说上次她投给市川房枝[1]和野坂昭如[2]。如果阿兰·德龙在日本参选，说不定她会投票给他。

电视上，只要一开始播《佐助》，便流淌出透着忍者生活的孤独与杀气的音乐，响起开场白。"有光之处，便有影。人啊，别问影的名字。从黑暗中诞

---

[1] 市川房枝（1893—1981），政治家，妇女运动家。日本妇女参政权实现的先驱之一，因"二战"期间担任职务，战后被解除公职，1953年重返政坛。
[2] 野坂昭如（1930—2015），作家、歌手、政治家。广为人知的代表作《萤火虫之墓》有众多影视改编。

生，又消失在黑暗中。这就是忍者的命运。"此时响起充满命运感的音乐，的的呀的，的的呀的，的的呀的，的的呀的。她说："我是**胧**忍者[1]，看起来傻乎乎的，其实不傻。"

但我以为，她不是厉害又严酷的**胧**忍者，而是**愚**忍者，**装傻**忍者，我因此感到安心。潜伏的鬼姬们用她们的大眼睛守望着政府、执政党与在野党，而后者必须等着她们的无数的手里剑，不知何时会从哪个方向飞来。

---

1 《佐助》中的忍者高手，擅长"胧影之术"。

船上的散步

昭和四十四年[1]六月十日，八点四十五分，我和老婆来到横滨大栈桥，为的是搭乘苏联航船哈巴罗夫斯克号。

我把在报纸上连载的《新·东海道五十三次》最后一回的稿件交给来送行的记者，松了口气，但因为赖掉了之前预告要登在《海》上的新长篇的稿子[2]，让我很难面对《海》的K君。大概是我的心理作用，只见K君板着脸，不高兴地站在那儿。

如今回想，那时我的糖尿病已经相当恶化，我连海关等一系列手续都办不动，仅仅是混在一行九人中间慢吞吞地走走停停，进了建筑物又出来，接着到另一个地方露个面，拿了护照，等办事员签完名，把行李箱递给一个看着像苏联人的行李员，然后脚步蹒跚地爬上舷

1　1969年。
2　《富士》原定于从文学杂志《海》创刊号（1969.7）开始连载，武田泰淳没和杂志编辑打招呼就出国旅游，直到当年10月号才刊出序章，1971年6月号连载结束。

船上的散步

梯，从甲板上向送行的人们和颜悦色地挥手，光是做这些，我就已经耗尽全力。仅仅这点事，我已全身是汗。

送行的人们从底下扔来彩带，我捏着彩带，久久地等着出航的时刻，此时传来大学运动部热闹的应援歌，苏联人那边的乐队在演奏像是四五年前流行过的音乐，我半听不听地听着。那是一支非常朴素的乐队，白衬衫，没有领带，衬衫最上面一粒扣子敞着，手风琴、电吉他、鼓等几种乐器像在随意哄人似的进行着合奏（写这段用了老婆的旅行日记，仿佛我记得很清楚似的，但无论是当时的我还是现在的我，记忆都一片混沌）。总之，明亮的阳光照在防波堤和甲板上。一个嬉皮士打扮的美国少女站在我们旁边，看到我无奈的笑容，她喃喃道："那就是神秘的日本微笑呀。"送行的人们眺望着并排站在上层甲板的乘客，他们的脖子大概酸了。阳光越来越强烈，汗水流个不停。出航。船舷立即离开栈桥，我们和送行的人们都感到完成了任务，心情为之一松。

一段时间里，海一直是黄色。我们的房间是一一六号。单独报名的好友[1]被分到四人间，二二四

---

[1] 竹内好（1910—1977），中国文学专家，文艺评论家。以关于鲁迅的研究和翻译著称。

号。小船、大船、黑船、蓝船、带着红色横线的船行驶在黄色的海上。我们在餐厅喝了两瓶啤酒。发现有间酒吧。战战兢兢地进去张望。管酒吧的就一个人，是个浓妆的肥胖老女人（苏联人）。吧台边已经坐了一圈日本男性。我们自己拿了两瓶啤酒和两个杯子喝了。拿出日元的五千元钞票，她立即给了找零。

甲板上，西方的男男女女伸着腿晒日光浴。还有人在看书。也有人穿着比基尼。我们一路散步过去，边走边看他们，此时遇到了好友。我们带他去了酒吧。我和好友喝了两杯倒在小杯子里的莫斯科斯基，一杯同样是伏特加的斯大卡，一杯干邑。老婆喝了一瓶啤酒。

船舱的窗户上挂着薄窗帘，透过窗帘，可以望见在甲板上走来走去的乘客和船员的身影。驼背的大个子男人、胖大婶、比基尼少女、带着家人的中年男子、腿脚不好的老爷爷、抱着书的人……以醉眼望去，跟看电影似的，让人看不厌。原本，这趟丝绸之路旅行是好友提议的，对我来说，到地球上的任何地方都没什么差别。最初订计划时，他似乎没想到我老婆也去。他来我们家，问"怎么样"，是为了确认他的提案的好坏。带着地图、磁铁和参考书的也是他。我没有热爱旅行的心。我只想坐上交通工具，被运载到远方，安逸地游览，尽可能不要劳累，然后回国。老婆或许有些晕船，不停地打哈欠，睡起了午觉。之前在山间小屋，宴会结束后，她把念高中的女儿留在那里，她自己做了旅行的一应准备，前来乘船，所以她一定比我累多了。

传来八音盒般的音乐声。开始向乘客广播，说是四点有茶点。老婆吃完又睡了。又响起八音盒乐声。五点，在沙龙放电影。老婆去看了五分钟，觉得无聊，就回来了。有个苏联的小男孩，大概是早已看腻了那样的苏联电影，用流畅的日语对我说："不好看，好烦啊，就这么干看着。"阳光依旧炽烈。

在餐厅吃晚饭。太阳呈直线射进餐厅内。我们点了一瓶葡萄酒，带回船舱。从餐厅的小圆窗望见的海呈现闪闪发光的金色。海面、太阳和窗户，全都熠熠生辉。回到船舱的时候，太阳终于变成暗红色，海也逐渐黑下来。

舞会八点开始。虽然有现场乐队，人们一动不动地坐在会场内，没人起身跳舞。社会主义国家的乐队认真地翻动乐谱，进入下一段演奏。老婆感叹地想，乐队也好，那些西方男女也好，都有着粗壮的脖子，像树干一样从上半身伸出来。即便面孔小小的，颈子也是粗的。相比之下，东方人的脖子颤悠悠的。日本人的脸像螃蟹一样，仿佛面孔中间有个叉。我们的脸真的很奇怪，体态也不自然（老婆的日记里写了这番意见）。在外国人看来，我们说不定有着异国情调和迷幻色彩。

早、中、晚，我们当然吃了三餐，我没有提到食物，是因为我的牙只剩下三四颗，而且其中一颗摇摇晃晃，一不小心就会牙龈流血。餐桌上摆着香肠、萨拉米、汉堡肉饼、沙拉和白煮蛋等，我应该是没怎么嚼就把它们吞进喉咙。旅行中，我一直持续着这样的状态，因为我实在没怎么吃东西，在第比利斯的宾馆，女服务生诧异道："这位先生什么也没吃，不要紧吧？"旅程将要经过伊斯兰教圈，我做好吃烤羊肉的心理准备。事先就知道了，看不到猪肉，就算上了牛肉，也硬得吃不动。我只要一路买酒，手边酒不断，就行了。

甲板上的人影逐渐减少，但沙滩椅上仍有人在看书。穿雨衣的女人和男人走了过来。还有一个五十岁左右、胖墩墩的劳动者模样的男人和他的太太，也在甲板上走。太太在粗陋的印花棉布连衣裙上套了件红外套，是战争刚结束那会儿的款式，还带着个穿红衬衣的小男孩，男孩身上的衬衣洗得很旧了。男孩说："老冷的。"看不清这家是日本人还是西方人。海变暗了。感觉不坏，却有些寂寥。老婆有些寂寥，不过感觉不坏，她睡了。

六月十一日，多云。六点左右，她模模糊糊地醒了。她写道："有种像洗衣房的声响。"但夫妻俩都不记得，那是汩汩涌出的声音，还是咕咚咕咚的机器声。比她早两个小时起床的丈夫说："今天不是晴天，有雾。"好友来了船舱，喝着干邑和葡萄酒。他似乎也起得早，说："我在甲板上散步，只有这间亮着灯，所以我马上知道是你们的房间。"昨晚，她把用锡纸包着的小块芝士放在桌上，留作夜宵，我以为是糖，没吃。好友拿芝士当下酒菜，边喝酒边饶有兴致地说："你以前没喝这么多啊。"好友的妻子曾严正嘱咐我："请别让他喝酒。"好友原本就能喝，他经常忘记妻子的叮嘱，现在又在喝。于是我做了一首川柳[1]："早上酒，照子不知。"

好友还是伊斯兰教的研究者。苏联和中国境内都有丝绸之路，中国这边的是通过敦煌一带的古道，我

---

[1] 一种定型诗，五、七、五个音节。与俳句相似，形式更自由，也更口语化。

以前读过敦煌的发掘文献，脑海中有个概念，这条路一直通到印度，但说到横穿西伯利亚境内的丝绸之路，我就一无所知。在我的想象中，就在汉民族较多的中国与俄国人前去开拓的西伯利亚的正中间，有伊斯兰教徒的居住区和道路。新闻报道有这样的传言，如今，中苏两军正以这条分界线为界，满怀自信地对峙，两边一触即发，随时可能爆发战火。

旅行社的指南上只写了吸引游客的宣传语："丝绸之路，白夜之旅。"总的来说，这趟旅行是以苏联为主。导游的俄语也很好。我对自己说，Qitai（中国）[1]这个俄语词，在这趟旅行中不能讲。我的护照上写着，职业，AUTHOR（作家），出行目的，FOR SIGHTSEEING（观光）。她的职业栏写着HOUSE WIFE（家庭主妇）。我俩一看就不是军方的侦探。出行目的也很稳妥，没有危险性。然而，只要进入社会主义国家，也可能会被当作间谍。即便我做出温和的微笑，也可能那边会下达通知，说有一对密探，两口子，混进了旅行团，要留意。一瞬间，我将会不得不感受到那样的紧张，就像菜肴中的辣椒（在对游客

---

[1] 文中写的是发音。俄语词为Китай。

船上的散步

友好的苏联，直到旅行结束，我也没遇到那样的紧张感）。

老婆混在西方和日本的男男女女之间，跑到甲板上，她在那里认识了一个嫁给西方人的日本太太。那个太太说："我们要从苏联走，去我丈夫在英国的老家。婚后，我还是第一次见丈夫的家人，这次要带两个孩子去见他们。"她用自己的毛衣裹着婴儿，抱在怀里。她还解释说，婴儿是个女孩，生下来九个月，大孩子是念小学的男孩。"公司那边请了两个月的假，所以全家一起去，但我丈夫大概不想再回日本。我倒是想回的。他工作的分公司在三田，我们住在三田的公司宿舍。总公司在关西。我们俩一起去过九州，去那儿旅行，这还是头一回看到北海道。"

海上，右手边可以望见北海道，似乎船刚驶到津轻海峡最窄的地方。还有人嚷嚷道，我看见函馆的小山了。

太太的话还在继续："我给这孩子吃的是餐厅的鸡蛋和奶粉，给他吃多了香蕉，脸上起了一堆疙瘩，你看，腿上也有……得要一个礼拜才能好吧。到那边之前得好起来呀。"她先生（英国人）沉默地望着夜晚的海，对我老婆说："英国大使馆在一番町是吧？离赤坂很近。"他家念小学的男孩跑过来,问:"那个岛是哪个国家?"太太清晰地大声答道:"那个岛还是日本。是北海道,妈妈的国家。"那孩子好像叫马丁。"妈妈,我去尿尿。"马丁扔下这句话就跑了。太太在他身后呼喊道:"马丁,你自己一个人去!"我老婆望着他家的混血婴儿,觉得和圣诞贺卡上的小天使一模一样。太太体格健壮,没化妆。穿着棉布连衣裙,套着可以把孩子背在里面的宽大红外套。从这时起,我和老婆便终于进入了国际社会。

老婆对茶点时间上来的蛋糕也兴致盎然,把蛋糕画在日记里。粉色的花形圆蛋糕,底下是奶油色,蛋糕体是蜂蜜蛋糕。她对什么都觉得有趣,记录道:"蜂蜜蛋糕的组织像面包一样粗糙,吸足了糖液,有一点酒味儿。上面的奶油非常甜,有浓厚的黄油味儿。无论是味道、口感,还是甜度,都与东京那些制作得过于精细的高级都市点心截然不同。感觉上,在辽阔的俄罗斯,做点心的人不怎么在意细节,这蛋糕是悠然地做成的。"

有个四岁的德国男孩(老婆是什么时候连对方的年龄都问清了呢),一个像小鬼般的幼儿,凑到我老婆跟前,特地对她说:"阿姨,我不想吃蛋糕。"

沙龙依旧在举办电影放映会。放的是黑白电影，平淡无奇地拍摄了交响乐团的演奏场面。老婆依旧不看电影。

晚餐，老婆点了：①四片烟熏三文鱼；②小牛肉牛排配炸薯条；③西红柿汁。我这边是用面包碟盛着的俄罗斯饺子。这东西容易滑下喉管，对我来说吃起来方便。好友也点了和我同样的东西，他不快地发表意见："不太好吃。"

主餐桌上坐着苏联人一家。他们不断看向德国小鬼的年轻母亲和她的朋友们的桌子，低声交谈。年轻的苏联母亲投向德国人那桌的视线绝不是友善的。两名德国女子穿着最新潮的服装，妆很浓，还散发着诱惑的气息。苏联人像是在以严峻的目光和谈话方式表明，他们厌恶华丽的女人。对苏联人来说，德国人依旧是侵略者，是敌人。或许他们正在说："明明打仗打输了，还那么耀武扬威的。小孩也没教养，那么爱四处黏人。"

对老婆来说，进到有许多外国人的餐厅，那些外国人彼此之间有感情上的冲突，他们瞥一眼对方，讲一会儿悄悄话，老婆是第一次目睹这种光景，她感到有趣，同时感到不可思议。

苏联的一家人当然有着白皙的肤色，没有化妆。他们穿着朴素的有点土气的衣服，却有种柔和的感觉。德国女人们大声地讲德语，笑着，毫不在意周围的人。苏联的孩子们不愿和德国小鬼玩，摆出一副不理睬的架势。

九点左右，我们又去了酒吧，买了一瓶干邑（五星牌）。酒吧满座。日本旅行团的一群人拿自带的仙贝和海带佃煮[1]下酒。我老婆坐在吧椅上买酒的当口，德国小鬼在她旁边坐了，跟她一道喝可口可乐。他想和我老婆轮换着喝，把他的可乐瓶给我老婆，又拿过她的那瓶。小鬼像个大人似的说："我喜欢这里。"又问："阿姨，你是叫加代子吗？你喜欢外国人吗？"

回到舱室，舞会的音乐仍旧远远地传来。老婆困极了，爬上床就睡了。入睡的时候，她的心头浮现平时没有的浪漫念头，有一首歌唱道："北方的海里，那并不是人鱼。北方的海里，唯有波涛。"是首什么歌来着？小川未明的《人鱼与蜡烛》中的海，就是这样的海吗？

六月十二日，一整天多云。我和平时一样，早早

---

1 用酱油和糖煮成的保存食品，风味较浓。

起来喝酒。边喝边转着无聊的念头,西方女人的腿真是修长啊。也有几个容貌古怪的,但不至于像是脸上有个叉。正想着,好友敲门进来了。干邑和葡萄酒。她走在甲板上。甲板湿漉漉的。她不知道那是雾,是雨,还是波涛的飞沫。长椅上坐着几个苏联船员。他们把油漆罐和刷子放在一旁,在那儿歇息,并不交谈。一个穿天蓝色毛衣的上了年纪的船员对她说:"火罗多诺?"他缩起脖子,手插进口袋,于是她明白了,是在问她冷不冷。

她回到舱室,感到冷,用船上的毯子裹住全身,一直到脑袋。船开始摇晃,她想着要是不吃午饭就亏了,于是吃了一粒晕车药。在餐厅,一位即将去罗马某大学留学的小姐(日本人)被安排坐在好友的对面,好友为此高兴,但那姑娘像是晕船了,没来吃饭。

两点半,窗外出现了陆地。绿色和茶色交错的陆地。灰色的部分很少,确实和日本的陆地不一样。看来船径直朝着纳霍德卡港驶去。海和陆地的感觉,整体上让人想起《日本海大海战》[1]、桦岛胜一[2]画的细密

---

1 1969年的电影。
2 桦岛胜一(1888—1965),插画家,漫画家,其代表作是为军事、冒险小说配的一系列插图,描绘军舰、战车和飞机等。

画，以及明治绘画馆中陈列的油画。海的颜色晦暗，甲板上冷风呼啸。偶尔有阳光射过来，整个海面转为金色。纳霍德卡港是晴天。三点，船入港。船无声地停下，就此不动。港口停了十来艘船。船的造型都比较旧，颜色很漂亮，黑色、红色、松石绿、橙色。海变成青绿色。在船上工作的苏联女人们将连衣裙换成西服，化了妆。她们画了眼线和眼影，脸型变得分明。

引擎发动，船慢慢移动，靠近栈桥。栈桥上有钓鱼的苏联男女。小船上站满了劳动者。包括孩子，人人戴着鸭舌帽。几个军官模样的军人（或许是下士）走上舷梯，他们身穿卡其色军服，佩着肩章。接下来，我们就要进入劳动者和军人的国度。

我从少年时代就很熟悉日本海。起初我的泳技不怎么样，于是被卷进小田原海岸的波涛，又被抛到沙滩上。在房州的海边玩的时候，我在海里游了个痛快，不输给渔民家的孩子。炙烤肌肤的烈日。在沙滩与海水的分界上尽情地尝试自己的体力。饱餐新鲜的鱼肉，赤裸的肉体明显增加了气力，随之而来的那份喜悦。

升上高中，整个暑假，我到静冈县田方郡的内海度过。凹进去的内湾的水一片澄澈，静静地不起波澜。

我浮在海水中，海藻在我的手脚下方摇曳。能看见陌生的深海鱼游来游去，它们有着鲜艳的色泽。裸胸鳝也混在小鱼群中，像使者一样从海底游上来。海胆和海刺猬（小型海胆）伸着长长的紫色的刺，橙色的海星，以及其他吸附在岩石上的海洋动物，它们古怪的形状远远近近地围绕着我。我开始体会到**潜水**的紧张。我屏住呼吸，逐渐往深处潜下去。头顶上方的明亮光线渐渐远去。我的四肢无限自由，几乎是恣意的。和平时游泳不一样。周围的色彩业已丧失海面的灿烂。我究竟能憋气到什么程度？不知何时，我几乎忘了自己的忍耐极限，这份忘却带来的，既有不安，也有愉悦。

渔夫们划着没有引擎的日式船。我们借了没人用的旧船。用坚固的木材制造的日式船很重，走不快，不过与轻盈的西式船相比，它有种稳固的安定。把橹放到**橹架**上。接着，前后摇动用绳子系在船上的橹柄，摇的时候不让绳子松开。这番操作很难，搞不好，自己就会掉进海里。橹以奇妙的动作切开水面，一旦习惯了其动作，那微妙的晃动便充满让人心痒的魅力。渔夫的孩子们有着厚厚的胸膛，是因为他们习惯了摇橹这项运动。我们摇橹出海，沿着海岸去到邻近的村子。有时，妹妹和哥哥也坐在船上。不过，一个人划船更有意思。横穿有着丰富鱼类的水路，靠近浮在海湾中的岛屿。就我自己，可以去到任何地方。没去过的岩石，密密的树林仿佛直接长在岩石上，在海岬的对面突然发现一片海面，那儿的深处与浅滩。只要有船，就可以不受任何人干扰，前往自己喜欢的地方。不需要火车，也不需要大巴。只要有船。有个日本青年以游艇成功横越太平洋，我没有他那样的冒险心。漂着，随波逐流，划船，风景变幻，最后总要在某处折返。我仿佛遇见让自己变成另一个人的瞬间，怀着既不安又快乐的心情，品尝到不可替代的战栗。

父亲给我买了西式船。那是一艘底部平坦的很难划的船。渔夫们对西式船不屑一顾。他们不是玩乐之人，他们是有职业的，用船赚钱，对游玩工具，他们是轻视的。玩乐的我们能够驾驶临时的西式船，驶入不闻人声、如同睡着了的村落，或是忽然间向我们热闹敞开的港湾，这样就感到心满意足。

战后，我带着老婆前往充满回忆的田方郡的内海。她喜欢游泳，哪怕是深夜都泡在海里。她浮在昏暗的船坞，那片海面上漂着从船里漏出的油，等她发现时，全身沾满了黑油。她不是从泡沫中诞生的维纳斯，而是涂满黑色海水的黑女人。旅馆的屋檐下挂着鱼干，她弟弟不打招呼就弄下来大吃了一顿……如今，我们两口子乘坐苏联旅游船，被运到这里。她可以从餐厅的菜单上选择喜爱的食品。大船将我们运到异国的港口，并保障我们的安全。一直到甲板，都是守护我们的钢板，我们得以尽情地眺望海面变暗又变亮。

劳动者与军人之国的税务人员进到船舱，礼貌地说了声"Good afternoon（你好）"，然后流畅地说起俄语。我们笨拙地站起来，面面相觑。于是那边换成日语："有没有，水果，蔬菜，花种？"我们答"No！"，对方立即出了舱室。好友把带的柠檬扔进海里。苏联女乘务员在各间舱室忙碌地走了一圈，把检疫证明给乘客。来了一个穿藏青色制服的男人，询问我们携带的金额，有无贵重金属，目的地，问完签了字。纸张被发到船舱，我们夫妻各填了一张，交上去。说是只要丈夫的就好，我把老婆那张塞进衣兜。行李员把行李箱运出去。又来了一个苏联妇女，把护照还给我们。

同行的 B 夫妻和 E 的护照一直没还回来，我们也在船舱多留了一阵。不久，我们走下舷梯。

有三四个苏联女人站在那儿聊天，其中一人快步走来，用日语说："走到头那栋楼。请从大巴前面进去。"所有的建筑物都很像日本的明治村。就是说，虽然是西式建筑，却是质朴和陈旧的。来了一个小男孩，带我们走到入口。室内，在哈巴罗夫斯克号上见过的日本人和外国人要么在排队，要么坐着。我们加入换钱的队列。用两万日元换了钱。

老婆有点晕船，吃了晕车药也不管用，她没吃午饭，这时肚子饿了。我难得表现一下，勤快地逛了一圈小卖部，买了酸奶、奶酪和两片面包。果汁、酸奶是按杯卖，奶酪按一人份装在盘子里，我把刚换来的钱全部拿出来，小卖部的人从里面只拿了一张，找了零钱。老婆坐在桌前，有滋有味地吃了起来。德国女人到她的对面落座，指着她的酸奶问了一句，大概在问"是什么"。她答："酸奶。"那边问："Good? Very Good?（好？特别好？）"她答"Very Good"，德国女人点点头，也去点了一份，给德国小孩吃。奶酪干透了，边缘很硬。酸奶不甜，比日本酸奶浓郁得多，老婆吃得饱饱的。她又买了一块巧克力，说是就像战后那种不纯的巧克力的味道。24 戈比[1]。

1　1 卢布 =100 戈比。

去罗马留学的女生说："我去换三美金。"说完她就去了兑换处，老婆帮她看行李。

我们到车站，坐上大巴。楼前有长椅，三四个胖胖的苏联女人坐在长椅上。军人走过。披着头巾的老太太走过。年轻的苏联男子上了巴士，用日语说："我是旅行社的，由我陪同各位从这里到哈巴罗夫斯克。"根据他的说明，火车晚上八点开，然后晚饭。晚饭和早饭在火车上用，预计在十一点抵达哈巴罗夫斯克。他把"早饭"发音成"中饭"，坐在前排的日本人订正为"早饭"，他改口道："哦，早饭是吧，早上的饭。"火车站很近。我们在右手边望见国际列车模样的火车进站，往小山丘兜了一大圈，抵达月台。月台和地面相连，没有设围栏。这地方的氛围真是悠闲。扩音器流淌出日语歌。是黑鸭子[1]的男声合唱。

我们这支日本旅行团待在八号车的一、二、三、四室，二等车厢。一等很旧，二等是德国产的新车厢。我老婆不懂得这些事，我对此也不在意，之所以留下记录，是因为有人告诉了我们，要么是外国通 B 夫妻，要么是苏联通导游。我在静止的火车走廊从窗户往外

---

[1] 黑鸭子演唱组（Dark ducks），活跃于1951—2016年的男性演唱组合。成员长期为四人。

看,三个男孩沿着铁轨跑来。他们来到火车窗户底下,挥动手中的明信片。他们的意思好像是用口香糖换。"勿好。"用关西腔制止的(同行九人中,有六位是关西人)、一行人中最瘦小的老人,是关西建筑界著名的钱高组的会长[1]。所有的亲戚都劝他别乱来,但他说,死之前,我无论如何要去一次苏联,就这么加入了我们。据说他曾在日军出兵西伯利亚的时代踏上过俄罗斯的土地。一个在帝政俄罗斯与革命苏联的分水岭上走过西伯利亚的老人,他看事物的目光会因此与我们不同吧。他年过八十,或许因为从事建筑业走了很多路,他的腿脚倒是灵便的。他在我走不动的地方吭哧吭哧走着,不输给其他人(钱高在结束俄罗斯旅行后不到一年过世)。

在长江之南,被称作江南的地区,水路四通八达。

铁路从杭州延伸出去,也可以乘小船走窄窄的运河。运河通过民居密集的镇子,穿过圆拱形的石桥,

---

[1] 钱高家世代都是木匠头领,曾于1705年率领建造大阪府的本愿寺尾崎别院。明治20年(1887年),钱高善造创立钱高组。钱高久吉(1891—1971)是钱高善造的次子,长年担任钱高组的高层管理者。下文对他的年龄和死亡时间表述有误。

船上的人可以眺望着田园地带，然后忽然抵达宽阔的湖或池塘。在急流众多的日本，无法拥有这一种水上的乐趣。

然而，无论去到哪里，战场上满是尸臭。无论在嘉兴，还是在金山，在水边洗衣服的女人的跟前，就有中国人的尸体，尸身的手脚从水面伸出。在湖州，船穿过逼仄的水道，突然来到一片汪洋的空间，然后逐渐驶入市镇。以纸笔著名的湖州因战火变得荒凉。贵重的纸笔还有古文献，被毫无顾忌的日本兵翻出来，散落在尘土飞扬的道路上。那是充斥着异国人的死的光景，尽管如此，乘坐搭载热球式发动机的日本制造的渔船，在各种各样不断变化的水路上旅行，仍然极大地抚慰了我的心。

战争逐渐扩大，南京陷落后，中国人的抵抗并未结束。我们在摇摇晃晃的卡车上经过糟糕的道路，向前进军。卡车到不了的地方，就坐小船。在安徽省巢湖，辎重兵们浮在深蓝色的水面上，洗掉污垢。无垠的麦田，宽广又弯曲的淮河，沿着仿佛没有尽头的小河与运河行驶又停船，休息过后继续行进。曾是士兵的我记录下了那样的船上的散步。

被牛拉犁翻过的田地没有放水，走起来却黏脚。两三只黑猪聚在一起逃走。跑得很快，不容易抓住。宽广的田野间，有水面泛蓝的小河与池塘，猪巧妙地避开那些水域，以惊人的速度逃走。我们挥动着从附近找到的铁棍和铁锹，敲打猪的鼻子和背。猪叫喊着，没有停止奔跑，速度渐渐变慢了，它被逼到田埂底下，挣扎了一番，终于被人掀翻，脚被捆上了。船员们干得很巧妙，我从后面追上去，光是看着他们动手。他们用棍子挑着猪走。两根棍子都折了，又用第三根挑着走。

人们把猪架上船，扔在甲板上，猪愤怒地啃起了地板。给它吃饭，它不吃，皱起长毛的鼻子，用险恶的眼神睨着人。接着，它不断挣扎，发出憎恶的叫声。我因为刚才把浑身是地里的泥的猪举起来，裤子上满是红土。

在赣江上，被损坏的木材漂过来。我们把木材推开，让它往下游去，这时抓到了一只龟。算是茶色，一种不讨喜的茶色，小小的龟，看起来像个古旧的玩意儿，在脸盆里游泳。

每天必有雷鸣和降雨。雨落下的瞬间，茶褐色的江水表面张开雨柱的毛孔，仿佛怪物的皮肤。

船上的散步

对岸的村庄以及堤岸的起伏带着奇异的鲜明逼入视野，水平线上闪耀着不可思议的明亮色彩，像神的衣裳。与之相反，犹如魔鬼衣裳的乌黑云团聚集在我们的头顶，压将下来。如果鲨鱼会做梦，梦见的大约就是这种颜色的梦吧。或许，恰恰是在万事万物分崩离析前，物理现象也会染上格外的颜色。

云朵威风凛凛地移来，每艘船的周围开始溅起黄褐色的飞沫，而飞沫都闪着白光。接着，暴风雨开始了。旗帜和小船都开始嘎吱作响，旗帜发出敲击般的响声，像在努力保护人。

我进了船舱。鸡和小鸡都吓坏了，极度恐惧，看着可怜，于是人们把鸡群扔进盒子。人们彻底忘了猪的存在。所以猪一脸不满地趴在甲板上，淋得湿透。

我作为日本陆军二等兵的"船上的散步"记录，还有其他内容。那是狂妄的诗意，自以为自己是诗情画意的、带着旁观者的角度。我的感想与我们企图征服的大陆的居民，那些农民、匠人和士兵们的痛苦有多大的隔阂啊。我磨砺自己的感受，不断书写，而我丝毫没注意到，他们在以怎样的目光注视我。

　　河边朦胧可见一座灰色的塔，矗立在逐年崩落的沙地上。我透过微暗的晨光，从货船上望见那座塔，不过是须臾之间。对塔的历史来说，仅仅是一个呼吸的时间。尽管如此，我却以为我见过了那座塔的全部的生活。

　　长江周围的那一带没什么居民，塔孤零零地立在沙滩上。是什么人怀着怎样的信念在这样的地方建了塔呢？无论如何，一定已经有很长一段时间无人来此参拜，既不闻祈愿声，也没有因欲望颤抖的手抚过塔身。

　　塔已经和附近的大柳树或合欢树没什么区别。不会有任何幸福的旗帜飘扬在那座塔上吧。装饰那座塔的，并非花环。

　　我从甲板上看过去的同时，灰色的天空裂开蟹钳模样的口子，金色的阳光从中曳出。接着，出现了美丽的太阳。我心想，这该怎么形容呢？或许我生来就不满足于不加思索地凝视自然。我想起一个词，"果实之国的金币"。果实之国的金币照在塔的背后，闪闪发光，几乎让我忘了那座塔的存在。随后,太阳重新藏进巨大的灰色云幕中。

这时,塔已远去,几乎不可见。朝朝暮暮装饰那座塔的,不是花环,而是太阳吧。然而,我在内心嘲笑着这份中世纪的诗意,冷酷地沉默着,眺望着塔。没必要用任何事物装饰塔。因为,人们所创造的,所建造的,都会被遗忘。而且,若不忘却,就无法有任何新的思考。

安全的散步？

列车里的上下铺,我选了下铺。但好友提醒:"要让女的睡下铺呀。"没办法,我爬到上铺,整理行李箱。

车厢里预先摆放着《苏联画报》和《列宁语录》(日文版)。还有一本书,单单收集了列宁关于和平共存的论述。美苏关系开始接近,苏联一方大概也很难就资本主义国家与社会主义国家之间的贸易做出解释吧。

日本旅行团率先去了餐车。我们坐的四人餐桌只剩下一个位子,晚到的劳动者模样的英国男子在那儿落座。他有着极度谨慎的性格,膝盖紧紧地并拢,微微低着头。老婆从桌上的篮子拿了一片面包,递给拘谨的他。他静静地端坐着吃了。或许因为篮子在他够不到的位置,一片吃完后,他便没了动静。老婆又给他递了一块。这次的连着面包皮,老婆正要给他换一块,他说:"我喜欢面包皮。"随着火车的晃动,女服务生（年轻的苏联女子）蹒跚地送来盘子。她的腰往桌边一撞，她手上所有的盘子都打翻了。肉和酱汁全浇在英国人的裤子上。女服务生礼貌地道歉，慌忙擦拭，但肉汁很难擦掉。他虽然没有不文明地面露怒色，却在生闷气。女服务生取了盐瓶，洒盐在他的裤子上，又用了许多张纸巾擦拭。

听说他是老师，打算经苏联回英国。

我买了一瓶葡萄酒，带回车厢喝。为了不让喝剩下的葡萄酒随着瓶子一起翻洒出来，我把酒瓶放在角落，用几本列宁的著作围拢，固定住。

我爬上上铺，自己先睡了。我的鼾声传至下铺。老婆和好友坐在下铺，望着窗外。向导Y（他和我一样睡上铺）和他们一起喝着葡萄酒。老婆的床头小灯不亮，Y对乘务员说了。不久，来了一名身形矮小的老乘务员。他说："灯泡倒是有的，不过火车在走，换不了，要到哈巴罗夫斯克才能换。"他穿了件红毛衣，很爱聊天，就那么靠在包厢入口，聊了起来。

老婆让Y对他说："你的毛衣真好看，这红色很正，适合你。"她觉得老人十分淳朴。老人的脸上堆起笑容，为了对她的夸奖表示感谢，他不断开玩笑地比划着，对她说："我喜欢您。我爱您。您的丈夫在上面睡得正香是吧？"她之前在船上打发无聊折了纸鹤，便说着"斯帕西巴"[1]，递给他，老人说"鹤"，又说，"苏联有部电影，《鹤飞走了》[2]。"Y翻译了他的话，补充道："在日本放映时叫作《战争与贞操》。"最后，老人开始发表演说，说从前如何如何，革命之后，人民群众变得富裕和幸福。她仍然觉得老人是个淳朴的、明朗的，不会让人感到不舒服的人。

她给了老人一支喜力烟，老乘务员开心地吸了。来了个女乘务员，低声和他说起工作。他含糊地应了一声，将女乘务员赶走了，看起来，他还没聊够。好友给了他一张明信片（日本新干线）。老人越来越开心，挺着胸膛说："行，那个灯，不等到哈巴罗夫斯克，我明天一早就来修。"日本乘客们笑了，等到明天早上，也用不着电灯了。

后来又来了一个东方面孔的乘务员，指着放在走廊的行李箱说："请把这个行李箱收进去。"他说的是带日本东北口音的日语。我老婆说："我待会儿要拿睡衣，拿完了就放进去。请稍等。"他说："不急，慢慢弄。"这名乘务员是个瘦子，他兜了一圈其他车厢，站

---

[1] Спасибо，俄语"谢谢"。
[2] 1957年的电影《雁南飞》。

在我们的包厢门口,和老乘务员交谈。听他的话,好像是个朝鲜人。他的脸色苍白,和老人相比,整个人感觉阴沉。

他说:"从横滨到纳霍德卡的船一到,乘客就都来坐这趟列车。我们经常很难办。说是有一百个人到港,我们准备了一百个位子,结果多三十个人,或者少三十个人。到底怎么回事啊?"老婆立即想,我不喜欢这人。他说自己待过库页岛,还在日本东北待过。他还说,他念过中野的陆军学校。Y不起劲地说:"中野的学校?哦,间谍学校是吧。"老婆吃了一惊,担心地想,说这么清楚真的好吗?男人没有肯定也没有否定。

男人说他妻子是苏联女人。他仿佛自言自语地说:"我在日本的时候,吃了不少苦。"他的体态和表情都透出艰辛的实感,我老婆首先感觉到一种难以言喻的阴暗,然后才生出对他的同情。"现在生活安逸了。"说着,他像是站累了,走进狭窄的包厢,坐下了。他讲了许多话,好友开始烦躁。终于,他离开了包厢,好友和老婆这才各自上床,Y一个人在铺位上做笔记做了很久,写下今后的计划表和之前的账目。

第二天早上是阴天,接着变晴了。火车不断行驶着。无声地进站,无声地发车。没有汽笛声,没有铃声，也没有用扩音器嘈杂地向乘客播报站名等消息的声音。另一方面，要是冒冒失失到了月台上，就会被车抛下。好友望着窗外的景色，感慨道："和昨天没变化呢，真辽阔。"老婆发着呆，说："这里没什么名胜古迹。就这么淡淡的，挺好。"凡是树，都是白桦树，要是一直为此惊叹，就会没个完。

我在东京见过一位在苏联大使馆工作的青年，他曾经说："日本的景色不断变化，很有意思。车开个五分钟，景色就不一样了。"而在我们看来，不变的景色才是稀奇的，一直看也看不厌。该叫作原野，还是湿地，还是原生林呢？据钱高老人说，日军出兵西伯利亚，打到这里的时候，农民游击队藏身于湿地，日军找不到他们。

在餐车，老婆有个发现，配红茶的苏联方糖结成硬块，很难融化。如果早早地把糖放进红茶杯，要过一会儿，糖才开始融化。她还发明了一种吃法，左手拿着方糖，啃着吃（不放入红茶），用右手端起红茶喝，这样最美味。

用餐期间，列车无声地停在一处寂寥的车站。一个披着头巾的老太婆（当然很胖）双手各提着一只水桶，穿着长靴，在车站慢慢地走着。邮递员模样的男人也穿着长靴。一个骑自行车的少年,他也穿着长靴。绿色的大树,穿长靴的农民们。这样的风景,似乎让她想起从前读过的俄罗斯小说。灰色马,棕白相间的牛。树下的水边有匹孤零零的没拴着的马,此外不见人影,唯有原野。农民家的窗棂上用油漆画了图案。不用说,铁道上有道口栏杆和信号灯。道口栏杆和信号灯有着童话的风格。等在道口的大巴和卡车看着像战前的车型,离地面高出一大截,车轮载着圆弧形的旧车身。

每当驶入城镇,便出现画有列宁的牌子。牌子上的列宁戴着列宁帽,朝着火车敬礼。然后又是连绵的原野,有鸟儿在飞。即便从一棵树飞到另一棵树,因为下一棵树过于遥远,鸟专注于飞翔,看起来就像在辽阔的空间中原地不动地拍打翅膀。电线杆矮矮的,是因为让电线穿过原野,就算矮也没什么东西会遮挡吧?原野上开着黄色的花。紫色的玉蝉花正在盛开。散落着许多牛,但因为原野过于辽阔,看起来只有很少的牛。

老婆从车里悠然自得地眺望着农村的风景,其实她不怎么爱日本的农村。战争末期,横滨的房子被烧毁,她去了山梨的山村避难。她和弟弟两个人住在父亲生前买下的山中的矿泉旅馆。山脚下还驻扎着正在挖松根油[1]的军队。她为了买食材，下山去农民的家。那家的人她是认识的，以前来给矿泉旅馆看过房子，对她来说等于是佣人。然而那时候，城市的小学生们唱着"谢谢农民"，农民成了有实力的人。农民们从城市的避难者那边拿到了他们想要的一切东西，衣服、家具和其他。面对从前看不起农民的都市人，他们忽然间恢复了自信：要是我们不把田里的东西卖给你们，你们就没得吃，也没法活下去。

那个农民不理解城市烧成了什么样，催促道："你有胜家缝纫机吗？缝纫机烧了吗？胜家牌的就算被烧过也能用啊！"得知没什么可买，对方的态度变了。农民命令她帮忙干田里的活。她在麦田里爬来爬去，努力地干活，却挨了骂："城里人一点忙也帮不上！"作为干活的报酬，管一顿饭。她既干了活，他们便卖给她一些芋头粉和荞麦面粉，她挑着回了山中的独栋。因此对她来说，树木与农作物的气味联系着那时凄惨

---

1 挖掘的应是松树根。将主干被砍伐多年的松树根加以干馏，即可获得松根油，新砍伐的树根所能获得的油量极为有限。日本临近战败时，军部试图用松根油充当飞机汽油，导致大量的临时砍伐。该计划效率低下，终于挫败。

的阴暗。那之后,她就讨厌"自然"。我对她说,我爱自然,唯有自然,才是抚育人类的父母,说归说,也没能矫正她对自然的厌恶。

她虽然那样地厌憎自然,却很擅长倒腾泥土,种植花卉。当她蹲在地上莳花弄草,来我们的山中小屋的农民也称赞道,很会用腰劲。以富士山脚的高度,梅树的树苗很难养活,她也给养好了,还结了梅子。那是因为她在疏散地挨过农民的训,曾被他们当苦力驱使。她能轻松地负重行走,也是那个时代的遗赠。

人如果没有闲暇眺望自然,喜欢自然或爱自然的风流心便会与人无关,成为零或负数。终于,她也有了采撷一片风流的余暇。是不是意味着她脱离了好人的领域,获得变作恶人的余暇呢?总之,可以肯定的是,她终于能够望着窗外掠过的异国景色,感慨着,真辽阔,真好。此刻她嘲笑我:"那不是当然的吗?"

抵达哈巴罗夫斯克。苏联军人、老人、少女、孩子和主妇们穿着各种颜色的服装,站在明亮得让人目眩的月台上。车站前的广场有去往不同地方的大巴,人们分头上车。"别乱走出去,先集合。"我们一群人讨论着,站成一堆。我们坐上去宾馆的大巴。一名金发红衣女子叫了每个人的名字。被她叫到名字的,举起一只手,说"到"即可。

到了中央宾馆。宾馆门口是一处寂静的广场。宾馆的楼是一种比蛋黄颜色更浓郁的奶油色。走进粉色的房间,从窗户能望见小山,小山上有像是学校或公寓的楼房,徐缓的斜坡上排列着绿色的树。不闻人声。厕所洗手池的水和浴室的水都是茶色的。水瓶里的水也有些浑浊。

她记录道:"房间涂了粉色、浅绿色、淡奶油色和白色的油漆,有种天真无邪的诱惑感,透着愉快、不拘小节和古朴。"

和我们一起坐大巴的导游是个朝鲜人,姓崔。我们兜了一圈马克思大道、列宁广场,然后去中央博物馆。崔先生的说明中,不时出现"极东干涉军"的字眼。我老婆想,干涉军是哪国的军队呢?结果她发现,博物馆里陈列的战场的画,画的都是日本军队。挂在墙上的俄罗斯英雄的肖像是被日军和白军残杀的二十来岁的青年。据说日军曾打到中央宾馆门口的广场,人们曾在那里战斗。博物馆里还挂着写了字的日本国旗,她仔细一看,那并非大正时代的物品,而是第二次世界大战期间日本士兵贴身携带的。钱高老人感慨万千:"从前日本军队陷进湿地,可惨啦。我们一攻击,敌军就越过沼泽,进了山里。"

馆内还挂着朝鲜女子的照片。崔先生神气地说:"这是一位优秀的人,她擅长语言,掌握了三国语言,她把日军的内部消息透露给游击队,被日军杀害。"好友说:"如果本地有极东干涉军的资料,我想要。"崔先生仿佛安慰他似的,谨慎地说:"如今本地人已经不在意了。没有什么记录留下。"

我们去了阿穆尔河畔。河非常辽阔。河水呈浑浊的茶色。晴天的河畔是明朗的,河岸泛白,哪里都感觉不到"阿穆尔河的流血"[1]歌中的杀气。我以前从新闻中得知,严冬时节,在这条河的某处,中苏两军曾有过冲突,血与冰在人们的脚下飞溅。

带喷泉的水池里,苏联孩子们身着泳衣,在戏水。河上有钓鱼的人,开摩托艇的年轻人,还有游船。日光愈发强烈。老婆站在河堤上久久地眺望,五六个玩水的女孩跑过来。其中还有长着天使般面孔的小女孩。她们问:"你是日本人?来哈巴罗夫斯克住一晚?住两晚?"她竖起一根手指。孩子们一直在跺脚,于是她用船上学到的"冷"问道:"火罗多诺?"她们摇头,纷

---

[1] 第一高等学校(现已不存)的宿舍歌,以"阿穆尔河的流血"开头,歌词有军国主义色彩。

纷答道:"加鲁卡。"意思是"热"。

下游那边远处的山丘上有座城堡模样的建筑。钱高问:"那是什么?"崔先生答:"没什么,就是一栋房子。"老人不依不饶,反复问:"那是什么呀?"他把双手背在身后,像是不痛快地走着。"才不会就是一栋房子呢。建在那种地方,一定是城堡之类的。我可是懂的。"他配合着众人的速度,专心地迈着小步。

他总是戴着天蓝色绸缎手套。B夫人说:"那一位呀,他把夫人的手套带来,自己戴着。"他不时停下,将吊在脖子上的望远镜举在眼前眺望。

哈巴罗夫斯克是一个有许多坡道的寂静城市。在这里,也开始了新小区对古老住宅的更替。据崔先生说,日本的相扑运动员也来过这里,人们都去看大鹏他们。我老婆不喜欢相扑,问:"他们喜欢相扑?"崔先生答:"这里的人其实不太喜欢。但他们都是认真的人,所以都去看了。日本电影《罗生门》也曾来这里上映。"

我老婆好像喜欢一个人散步。走路去喜欢的地方,或是尽可能久地待在喜欢的场所,这些事对她的脾气。对我来说,和她一道比较好。晚餐后,她独自离队,在广场上散步。白天就没几个人,这时,人都消失去了某处，剩下的几个人仿佛就要消失在某个地方，四下俱静。花坛边的长椅上，每张椅子有三四个苏联人在休息，当她走过，其中一名大学生模样的青年放下二郎腿，给她挪了位子。她恍恍惚惚地坐了，品尝着某种快乐，心很静。

男青年问了一句什么，中间夹着"中国"。她答，我是日本人。男青年目光灼灼地看着她，然后用日语说："昨天，黑泽，罗生门。"于是她答道："罗生门，黑泽，日本人，昨天。"年轻人把手放在他自己的头发上，比划着将头发从中间分开的动作，又指指她的脸，点点头。搞不懂他在说什么。她理解为，她的头发是中分，两边扎了辫子，所以和《罗生门》中的少妇的发型相似。她刚走开，其他长椅上的男女便走到青年的身边，和他说着什么。

白天，我站在稀奇的苏联风景中，命令她，拍那里，拍这里。她去散步的时候，我已经在打呼噜。然而，她的相机没装胶卷。

第二天早上，她在早饭前一个人去散步。她想到万一让我发现之前拍照没装胶卷，会责怪她，所以赶紧去重新拍一遍列宁铜像等处。

望着铜像，她有一个发现，那就是，列宁越看越像椎名麟三[1]。她得出结论："既然像椎名，列宁一定是个了不起的伟人。反之，既然像列宁，椎名一定是个了不起的伟人。"她决定买列宁的照片，作为送给椎名的伴手礼。

她正要走下宾馆左手边的坡道，忽然间，背后轰然一声巨响。一辆爬上坡的吉普车在宾馆门口和马克思大道那边过来的一辆由女子驾驶的小轿车会车，斜着撞上去。她搞不懂，周围没有车，也没有人，在静悄悄的广场上，为什么会发生交通事故。开车的苏联妇女哭丧着脸冲进宾馆，像是去打电话。虽然发生了事故，但并没有人跑来围观，只有她一个人站在那儿看着。妇女和她说了一堆话（像是在恳求她为事故的情形作证），但她不懂俄语，又是在巨响之后才回头，没法说明是谁的错，尽管如此，她用手势和表情表达了自己没法作证，又用俄语说："我不懂。"她不停地模拟撞车的声音："砰——"小轿车的车前灯破碎，车身凹进去一块。崔先生之前刚说过："这个城市没有交通事故。"

坡道途中有一座旧旧的木造公寓。因为太旧，板

---

[1] 椎名麟三（1911—1973），小说家。和武田泰淳一样属于"第一次战后派"。

壁长着青苔，泛着绿色。阳光刚开始落在房屋的正门口，她想把那景色拍下来。旁边仓库模样的小屋出来一个老人。她想要是一声不吭地拍照太没礼貌，便按Y教的，说了声："可以吗，照片？"老人说："请。"等她拍完了，老人问了一句，像是问她从哪儿来。她说："我是日本人。来旅行。纳霍德卡。"接着她模仿了火车的行进。她又笑嘻嘻地说："哈巴罗夫斯克，好。特别，好。"说着指了指木造公寓。老人开心坏了，说了长长的一串话，像在念诗，又像在唱歌。其中有"民族"一词，她由此猜测，老人是在自豪地说，这是我们俄罗斯民族的产物，或是说"民族工艺品"。有只狗凑过来，她也给狗拍了照。胖胖的主妇和孩子们从公寓的一扇扇窗户往外看，老人朝着窗户解释，说她是外国女人。

宾馆门口的花坛里长着蒲公英的绒球和蒲公英的花。公寓周围的草丛中也有蒲公英的花。宾馆餐厅的早餐。荷包蛋，两个蛋。面包和牛奶。她听了Y的建议，点了斯美塔那酸奶油（22戈比）。像酸奶，更浓，凉而美味。Y告诉她，点酸奶的时候说"开菲尔"就行。她不断重复道，开菲尔，开菲尔，将这个词刻进脑海。

和我坐在一张餐桌的崔先生说:"酸奶富有营养,而且不会胖,所以是一种美容食品。对于有心脏病且肥胖的人(尤其妇女比较多),我们苏联让他们在医院减肥,会提供专吃酸奶的食谱,按那个食谱吃,就能健康地瘦下来。"她问:"虽然有酸奶,苏联的女人却很胖,她们吃酸奶那么胖,要是不吃,是不是就更胖了?"崔:"她们胖是因为吃多了黑面包和盐重的东西。有一种说法是,如果吃土豆和白面包,就不会那么胖。她们一生完孩子就变胖了。之后越来越胖。所以我保持单身。"

崔先生爱谈论日本的纺织品。他今天穿了一件和昨天不同的高尔夫球衫,天蓝色,有花纹。他拈起袖子说:"这样一件在日本多少钱?我这件是日本的朋友来的时候送的。"我老婆含糊地说:"差不多两千五?还是三千?或者三千五吧。你那件很不错。日本也有便宜的和贵的。"他挑明说:"这件要一万多。"

早餐后,我被她带出去散步。打扫广场的老太婆戴着闪亮的金色耳环,很合衬。我想坐长椅,结果椅子上有露水,还是湿的。辫子上系着尼龙绸带的少女经过。戴着红领巾的少先队员少年跟着他的父母走过,提着一只陈旧的小行李箱。突然,广场上出现了一队骑着摩托车的少年，他们让摩托车轰鸣着绕广场一周，忽然间又没了影踪。我们走下宾馆左手的斜坡。拎着网兜的主妇，网兜里是几乎撑破袋子的土豆。一个女人穿着像收费员[1]的工作服，走进一栋旧公寓楼。一名少年从公寓出来，在公用水龙头打了水，双手各提着一只桶回去。在公寓楼背后小小的沙地上玩耍的婴儿和小孩。捧着丁香花束走路的女人。

走到坡道底下，有一块等大巴的空地，少先队员少年少女提着行李箱，和送行的母亲们一道等待大巴的到来。一位母亲帮女儿整理头发上的发带。他们是不是放暑假准备去营地呢？

一座比公寓楼更旧的屋门口，有个老太婆搬了把椅子出来坐下，忧伤地眺望着路人，她像是有哮喘，咳嗽着。骑三轮摩托的军人从老太婆的近旁飞掠而过。广场边上的树多为托普拉[2]（不是白杨）和甜杨。和宾馆相邻的美元商店仅供旅行者购物。苏联老太婆和孩子们羡慕地从门口向店内张望。我们独占没有客人的店堂，买了笛子、明信片、邮票、纸牌和一瓶伏特加。

---

[1] 收费员上门征收的可能是水费、电费、报纸费、电视费等。日本说起收费员，一般指 NHK 的收费员，典型打扮是深色西装和斜挎包。
[2] 此处应为作者笔误，俄语 тополь（发音：topori）就是白杨。

从宾馆的窗户可以望见在山丘的斜坡上晒日光浴的女人和孩子们，他们躺在那儿，用全副身心悠然自得地舒展着胳膊和腿。

一行人中的几个关西人来到餐厅最里面的特别包间，每个人的胸前都插着铃兰。之前，卖铃兰的老太婆坐在石头上，一脸不想做生意的表情。我们对面的桌旁坐着一群褐色皮肤的人，像是乌兹别克斯坦人，他们正在吃装在盅里的饺子。我们也点了。

叫作"佩里美尼"的饺子装在很像常滑烧[1]、多了些光泽的盅里，上面是用面粉捏了烤制而成的盖子。

"面粉做的盖子呢。根据盖子上色的程度，就能知道里面熟了没有。这个盅不错，我想要。"钱高老人兴高采烈地说。老人坐在我老婆对面，他凑近她说："B和其他人总是怕我多想，不对我说真话，但E对我说真话。嗯，他对我说真话。真话。真话。"说是他还在大阪举办茶会，他讲了他在茶会上的经历，"作俳句太麻烦了，我每次都在最后加上'茶之汤'。结果俳句老师说，你作的不是俳句，是日记。"

我们下午一点从宾馆出发，抵达机场。在小卖部

---

[1] 日本六古窑之一，产地位于知多半岛。常滑烧的陶土含铁，成品像紫砂陶的朱泥。

安全的散步？

买了乌兹别克帽。一顶带刺绣的帽子（八美金）。在裘皮店，一群美国女子哈哈大笑着试戴有护耳的帽子，声音很吵。崔先生走进店铺内侧，用英语开着玩笑，不断地把毛皮帽子递给她们。俄罗斯女售货员用手又用腰推开崔先生，像在说，你别进来，你这样影响我工作。她的力气惊人，崔先生一个趔趄，却依旧若无其事地招呼美国人。

老婆去过厕所，向我报告："厕所没有门，也没有帘子，就那么敞着。"我面露愕然，提醒道："你进了男厕所啊。因为你不认识字。"于是她重新去那边确认。她之前去的厕所入口的门上画有女人的侧脸，她没走错。好友点着头，帮我老婆说话："就算在这样的厕所，也要泰然自若。"

机场的餐厅和候机室都很热。机舱内也很热。老婆似乎对飞机餐感到满意，日记中写道："看起来确实是个把东西当一回事的国家。我有种感觉，在社会主义国家，大家努力工作，不进口食品，因为人们付出了努力，所以不能随随便便地对待这个国家的食物。"她的方糖没吃完，留着待会儿珍惜地吃。钱高老人也把面包和方糖收了起来。

高空万里无云。高度急剧下降，云层下方出现了贝加尔湖。是个被高山环绕的湖。六点四十分，抵达伊尔库茨克。一下飞机，阳光灿烂地倾泻下来。我们往机场候机室走的路上，路边的绿植丛中一路开着与苹果花相像的小白花。我们收到 Y 的提醒，将手表往回调两个小时。候机室的商店因为是周六，休息。一个苏联老太婆坐在椅子上，一动也不动。像是看店的人，但即便客人请她卖东西，她也不动："星期六，不行。"

女厕所只有一间，排队的人一直排到走廊上。厕所有门。白色硬纸被切成用来折纸的纸张大小，放在架子上。厕所洗脸池的镜子装在高处，只能照到她的额头。她反复跳起来照镜子和梳头，苏联女人们笑了。

候机室装设有贝加尔湖的模型，看来，模型用灯标识了湖的深度和面积，只要按下开关，灯就会亮。然而，因为是星期六，用于标识的小电珠都不亮。柜子上的水瓶也是空的。她想柜子里会不会有水，一拉把手，把手掉了。明亮的夕阳缓缓移动，照亮辽阔的机场，凉风掠过。

我们在飞机舷梯前等了几分钟。有一群人等在我们前面，晒得黝黑，身体结实，感觉像是苏联农业协会的，他们排队时静悄悄地不说话。我们这些旅行者是后到的，却先上了飞机，当地人一句也没抱怨。空乘也没有要开口的意思，飞机默默地开始移动。老婆在起飞前吃掉了空乘发的糖，心想，下次我要拿三四个。一个德国小男孩坐在她的后座，抱着熊玩偶，他在起飞和降落时因为机身的上升下降而不舒服，悲声哭泣。

机场很热，沥青路面几乎要融化，但飞机一爬高，就变冷了。钱高老人把风衣套在西装外面，又把B夫人借给他的风衣盖在膝上。七点四十五分，抵达新西伯利亚机场。我们按照Y夫人的指示，把表调回去。渐渐地搞不懂时间。据说新西伯利亚和莫斯科相差四个小时。B带了两块表，像是在看莫斯科时间和当地时间。钱高老人从候机厅的窗户用望远镜看，喃喃道："我上次来的时候可不是这样。在这种地方建造一座大城市，真是个了不起的国家。这个国家。"这是老人的口头禅："俄罗斯是个辽阔的国家。了不起的国家。"

美国旅行团要在这里住一晚，已经出了候机厅，剩下我们和德国夫妇，还有那个孩子。不清楚在这里等什么，在这个过程中，时间过去了。看上去，Y正在四处奔走，和办事员谈判。已是深夜。为旅客服务的餐厅也只剩一个女服务员。我们一群人累坏了，喝着果汁、葡萄酒、干邑。Y那边，光是女办事员一个人搞不定，他把像是她上司的大个子男人叫出来，用俄语急匆匆地与其交涉。大个子男人像是个当官的，不急不忙地应对，事态毫无进展。我想起果戈里的《钦差大臣》中的一幕。好像是因为没有去阿拉木图的飞机，我们被迫滞留在此。既然不能去阿拉木图，那就只能直飞塔什干。这边一群日本人彼此说，就算谈，和官员能谈得通吗？我因为阿拉木图作为舞台出现在一部涉及苏联肃清事件的长篇小说中，无论如何都想去阿拉木图（东布罗夫斯基[1]的《古代保存官》）。可能因为酒喝完了，我的心情突然变得很坏，人也变得没精神。

至于钱高老人，之前在飞机上，其他国家的游客问他去哪里，他都回答说"塔什干，塔什干"，在新西伯利亚机场等待期间，他说："做啥勿去塔什干，待在这种地方？我只要能到塔什干就好了。下飞机的时候，我还以为在塔什干下的呢。"

我老婆不以等待为苦，兴致勃勃地听着团里的一个人讲解："Novosibirsk，novo是新，sibirsk是西伯利

---

[1] Yury Osipovich Dombrovsky（1909—1978），前苏联作家。

亚，所以这个地名就是新西伯利亚。""和新大阪差不多呢。"她接了话，然后回过神，过了一会儿才傻乎乎地说："这里是西伯利亚？咦？"其中一人笑了起来："这里是西伯利亚？太太，你之前以为这是哪里啊？"她回答："我没想到是西伯利亚。"

靠Y的一番奋战，最终定下我们住在机场内的宿舍。尽管新西伯利亚是个不断发展的工业大城，但因为我们预先提交的行程表上没有这里的游览行程，所以甚至不允许我们到机场外散步。

我俩在有四张床的单间安顿下来，我很快睡着了。之后，老婆在日记里详细地对室内做了记述。我可以断言，关于这处住宿地点的内部环境，记录得如此详尽的，除了间谍，在日本游客当中是绝无仅有的。她还画了插图，痰盂、水龙头，以及室内构图。她毫无遗漏地写下门、床、窗户、桌子、柜子和床品的色彩，足以让舞美设计师感到欣喜。她还写了在公用厕所听见的声响，嗒嗒嗒嗒嗒（高跟鞋的脚步声），咚（开门声），接着是，蓬，喀拉，唰，噗——唰——，然后又是，蓬，嗖——，嗒嗒嗒嗒嗒，诸如此类。我并不打算写厕所的情形，但老婆在她的记录中对当地人的精气神儿感到钦佩，而我对她感到钦佩。

钱高老人呆呆地站在男厕所跟前，对她说："开勿开。"她整个人撞过去，开了门，他道谢："谢谢。让女士帮我开门。我原本打算叫 E 君的。"我睡着之后，好友来到我们的房间，老婆告诉他，我因为没能去阿拉木图，所以意气消沉。好友安慰她道："那是因为他没法回日本之后炫耀，他去了谁都没去过的地方。"最终，她好像只睡了三个小时。

一睁眼便听见麻雀的叫声，阳光从整面窗倾泻而入，不断有飞机呼啸声。机场远离跑道的一边开满蒲公英，一个只穿一条白短裤的苏联青年在做广播体操，有原地踏步等动作。水瓶里的水喝完了，她去女管理员那里要水。那里似乎没有饮用水，她操着怪异的俄语和对方沟通，其间，管理员从一个增加到四个，她们热烈交谈后，从一只在电热器上煮沸的壶里给她倒了热水，热得她几乎拿不了，她终于回了房间。

我在机场内散步，叼着烟，被训了。没有卖酒的。似乎钱高老人今天也是一早起床，独自晃悠了一圈。炎热的阳光灼灼地洒下来，有人拿了一个小小的容器，从机场楼房旁边的公用水龙头接水，然后把水灌进汽车的散热器。从水龙头到停车的位置有很长一段距离，水一路从容器中啪嗒啪嗒地洒出来。苏联司机一路滴着水，在日照下往返了好几趟，往散热器加水。老人将他目睹的这一幕讲给众人听："真有耐心啊。好厉害啊，这个国家。"老人的发音不容易听懂，而且一群人热得头昏脑涨，附和道："四十年前是这样的吧。"老人像是泄了气："是现在。我去散步看见的。是现在的事。"B仿佛抱歉地说："钱高先生讲话的方式像在讲从前的事，所以我们听着以为是从前的事呢。"老人经常一个人来了劲："啊，有意思，啊，有意思。"有时他把手背在身后，边走边自言自语："啊，有意思。"对我老婆来说，似乎他的这些模样有种无法形容的好玩。

起飞后过了二十来分钟，看见一条巨大的运河（据说不是自然河）。还看到全是泥泞的、宛如浓厚的沙漠般的地域，以及笔直的道路，仿佛用尺子比着画出来的。过了十二点，从右侧窗边传来一阵喧嚣。只见一面钴蓝色的不可思议的湖，颜色像毒药似的。"Baruhashi。"[1]人们兴奋的声音传来，湖一直伸展到飞机的正下方。

我们夫妻坐的左侧窗外出现了大雪山。山脉的波

---

1 俄语巴尔喀什湖的发音。

涛有三层到四层，一直到远远的那边。人们从右侧窗移到左侧窗，展开地图告诉我们："是天山山脉的最东边吧。"以及，"这片山脉的那边好像就是塔克拉玛干沙漠。"我把脑门贴在玻璃窗上，窥见的天空没有一朵云彩。毫无遮挡，万里无云。

窗外一直能望见天山山脉。她想，就连眨一下眼都可惜。没有任何声响，却仿佛有大交响乐在轰鸣。山顶白雪覆盖，缓缓地一点点地转动。无休止的山景化作地球上的涟漪，扩散开去。山的那边有山，最远处朦朦胧胧，看不清。以为山的绵延结束了，结果它又出现了。仅仅称之为"山岳"是不够的。是山岳岳岳……或许在某处望见了喜马拉雅山脉。即便如此，天山山脉还仅仅是呈现出它巨大身躯的一小角。有种寂然沁入身心的沉默。一个煮沸的鸡蛋被扔进宇宙，在它冷却的过程中，形成地壳上无与伦比的褶皱。那凸起的部分在久远的从前早已无可阻挡地形成，至今仍然不让人类靠近，它与气候的变化毫不相干，仿佛沉睡般保持着凝固。

坐在我们对面的两名俄罗斯海军军人看起来都是东方人。皮肤黑黝黝的，眼神锐利，黑发剪得极短，俨然是成吉思汗的后裔。他们的服装和脸孔与日俄战争画中的日本海军军人一模一样。他们凑过来看我们手中的地图，指着纸上的日本近海说："我们去过东京。还在这附近游过泳。"

十二点三十分，抵达阿拉木图。我们不能出机场，所以把行李留在机舱内，下了飞机。计划休息一小时再起飞。在一片几乎让人失去意识的寂静当中，机场充溢着正午的日光。蓝色的山脚紧逼机场。说是紧逼，山和城市一样，远远地退在后面，遥遥欢迎着旅客。

小小的休息室是两层楼，二楼围绕着一圈走廊，是伊斯兰风格的，很美。还有缠枝纹雕刻。在二楼餐厅吃午饭。她去洗手间，那里站着个从头到脚裹着黑色天鹅绒衣服的老太婆。脑袋上罩着同样的黑布，胸口露出红红绿绿的花布。老太婆十分虚弱，走路已是她的极限，一个像是她孙女的少女在帮她洗手。看见我老婆，老太婆吃了一惊，像是忽然恢复了生气，使劲盯着她看。老婆等着轮到自己上厕所，另外两名少女用小小的沉静的声音问："你是游客吗？是哪个国家的人？"她说"我是日本人"，那两名少女点点头，指了指两间厕所当中的一间，让她先去。老太婆和少女们都不是白种人，黑发黑眼，东方面孔。她想要开门，但门很紧，打不开，两名少女帮她，三个人一起开门，门开得突然,她们三个叠作一团撞在墙上。她上完厕所想要出去,门又打不开了,她从里面"咚咚"地敲门。少女们正等着她,她们从外面把门拉开,她猛地跳出去,又撞在墙上。少女们凑过来,仔仔细细地打量她,等她到了走廊上,回头望去,她们在挥手向她道别。

外面是灼人的酷暑,屋里凉丝丝的,桌上插着**芍药花**。架子上放着漂亮的切花玻璃杯,阳台扶手上开着牵牛花。前院里结着樱桃,红红的,闪着光。人们沉默地在带遮阳棚的长椅上休息。她感到,这地方像宝石一样。接着,她在架子上的签名册上写了"来自东京武田百合子",兴高采烈。其他人都没去写。

一楼有个明信片的自动贩卖机,她不知道用法,久久地站在跟前。机器旁边的老太婆像是想要教她,说了些什么。上面写着"5",她没多想就用日语问:"五戈比?"老太婆也跟着说:"Da[1],Da,五戈比。"出来一张明信片,听见她说"斯帕西巴",老太婆这才放心离去。

有个当地女人靠着机场的护栏在发呆,那人的五

---

[1] 俄语"是"。

官鲜明，宛如波斯美女，她看呆了。"美女"带着个婴儿。机场热得让人想打喷嚏。感觉像是炎热和寂静结成一块，又化在一起。有一群新乘客上了飞机，像是当地的民族。男的戴着黑白两色的乌兹别克帽。老妇人穿着长下摆的紫衣，头上罩着白布，垂着麻花辫。年轻姑娘们有的抱着用布裹好又用绳子捆扎、几乎要绽开的行李，有的把一堆圆鼓鼓的东西塞进网兜，用双手提着。原住民风貌的、充满真切的活力的一群人加入到乘客当中，于是 B 说："接下来就是这趟旅行的重头戏啦。"飞机一直没起飞，机舱内热得像在炖煮，钱高老人像唱歌似的喃喃道："好热好热好热好热。"

当地不认可我这个日本旅行者有到访的特殊需求，所以不允许我访问阿拉木图。为什么阿拉木图对我有如此大的魅力呢？是因为，这片土地给了莫斯科人东布罗夫斯基难以忘怀的印象，他曾作为"古代保存官"被派遣到此地。据工藤幸雄[1]的译本，我试着从长篇的第一部分引用他的文章——

我首次看见那个非凡的城市——与世界上任

---

[1] 工藤幸雄（1925—2008），诗人，俄国与波兰文学专家，翻译家。

何一个城市截然不同的城市,是在一九三三年。我无法忘却当时的震惊印象。

我离开莫斯科,是在雪化的时节,一个笼罩着雨云的温暖日子——

(中略)然而,当我到了这里,我立即置身于南国的盛夏中。所有的花都在盛开,就连那些不该在这个季节开的——都开在倾倒的土墙上(丛生的杂草就像从墙头落下又漫出来)、家家户户的墙上、屋顶上、漂满黄色浮萍的水洼里,从人行道一直到车道上。我从车站到城里是坐车来的,但进城之后,只能步行。然而,阿拉木图在沉睡。想要问路,却不见人影,我只能胡乱走了起来。总之走一走,比傻站着强,我是这样想的。我走啊走——走了有三公里吧,当我回过神,我绕了一圈,回到了同一个地点。麻烦的是,根本没什么东西可作为标识。到处都是一个模样——用土建造的围墙,墙的那头立着同样用土造的人家。很少有白色的房子,基本都涂成天蓝色或绿色(后来我才知道,本地通常往白色涂料里混合硫酸盐),不过也有西伯利亚风格的坚固的圆木小屋。木板做的大门上没有锁,挂着黑色的门闩。到处有劳动者住的简易房。黄色两层楼是铁道建设单位的宿舍，楼梯、阳台、玻璃阳光房——每一样都是按规格建造的（时值土库曼斯坦—西伯利亚铁路，也就是土西铁路建成后不久）。而这般模样的家家户户都被他们高过房顶的院子整个儿吞没了，沉进了院子。到处都是院子。我还看到有院子蔓延到车道上——花坛、草坪、水泥建造的小喷泉。黄色郁金香，红色和蓝色的虞美人，其中还有些珍奇的花，不知该说是深赤色还是紫红色。

更远一些，同样伸展到车道上迎接我的，是开着白花的合欢树。我不经意地转过一个转角——突然，迎接我并向我奔来的，是合欢树的一家，它们又高又苗条，柔韧的枝条弯曲起伏。《东方的舞女们》——我忽然想到。事实上，仿佛上了漆的红色棘刺，珍珠贝色耳饰（怎么看都像贝壳），白色花房（和新娘的面纱一模一样），亡者的世界不可得的柔韧——一切都让人想起跳舞的少女。

接着，东布罗夫斯基讲述了树龄超过百年的杨树，当地特产阿波尔特苹果有多好，博物馆的地下室和仓库，保存在那里的兽骨和人骨，军人出身的博物馆馆长，充满自信的普通工作人员，以及把发掘物拿到博物馆的附近的居民。接下来，不知从什么时候起，无论多平凡、多小的事情上，他周围出现了想要搜寻间谍的NKVD（内务人民委员会）让人膈应的眼睛和手。对于不可见的警察机构来说，那些可能潜伏在人民当中的"间谍"们同样是"不可见"的，让他们觉得膈应。既然有人想要找出间谍，那就必须存在能让他们找到的人。搜寻的对象被发现，从黑暗中出现，又消失在黑暗中。

看起来没吃什么苦头的日本作家的随意散步，甚至很有可能被当作怀有曲折目的的散步。日本的文学工作者在散步的时候，其实也不知道未来会发生什么，自己会不会遭到肃清。证据就是，东布罗夫斯基这样写道：

> 人们发现，哈萨克斯坦文学界的名人多数都是意想不到的敌人——有的被暴露出是间谍，有的自首说是德国间谍网的成员，有的经过搜查，被人举报，说是**在为日本谋划，要让哈萨克斯坦脱离苏维埃联邦**。对于这第三位，我想额外再补

充几句。落在他头顶的完全是晴天霹雳。就在最近，共和国各地为他举行了纪念庆祝活动，办了宴会，他到各地做了演讲。而且，刊有这位作家的照片和简历的册子尚未摆到街头的店铺，各所中学要装饰在学校的他的肖像尚未完成付款——就在这时，突然就发现他是人民的敌人。这一位不仅是作家中最为德高望重的，而且他是革命者，是政府的一员，是树立哈萨克斯坦的苏维埃政权的功臣。

东布罗夫斯基于一九三二年在莫斯科被捕，被流放到哈萨克斯坦。一九六六年，《古代保存官》由苏维埃作家出版社出版。他在阿拉木图期间，尽管希特勒的名字给整个欧洲带来危险的预感，但德国与苏联之间的战争尚未开始。事后看来，苏联对德军入侵的警惕无疑是正确的，但那些消失的人们，他们不幸的命运是无法挽回的。

在阿拉木图，有些木构建筑熬过了多次大地震，尤其是圣瓦西里教堂[1]。东布罗夫斯基一方面与各种让

---

[1] 此处为作者笔误。应为升天大教堂，1907年建成，经1911年的地震屹立不倒。

人感怀悠久的建筑、以及更加古老的各民族留下的遗物相伴，另一方面，他不断目睹斯大林时代过于切近的悲剧。他之所以爱上阿拉木图广阔又寂静的自然，正是出于对人间戏剧的残酷的悲叹吧，那些事情的发生，与自然的美与丰饶无关。

悠久。人类走过的无比久远的历史。让人忍不住将当下情感咽进肚子里的值得敬畏的过去。不可动摇地存在着，将永远延续下去，同时开始忘却的记忆。我们因为"现实"的繁杂而目眩，是否唯有记忆是我们的救赎？一个任性的异国的散步者没能靠近他憧憬的土地，对此抒发不满，又有什么意义呢？

在地球上，哪儿都没有能保障安全的散步。我不过是从仿佛安全的地方晃晃悠悠地走到看似安全的地方。

卷末散文[1]：感谢有个身体好的老婆

身为女性，被人夸奖说"你身体真好"，并不开心。反而会不开心。对男性来说，和自己共同生活的女性身体好，就能生活得愉快。正因为她身体好，帮了我，于是我怀着感谢说"你身体真好啊"，我老婆把这句话当作"你除了身体好，没有其他的才能"，听了就生气。

我给她取了个外号叫"丘比"，她不喜欢。玩具丘比[2]现在不流行了。塑料做的丘比睁着大眼睛，身体滑滑的，闪着光，一看就身体很好的样子，我以为，我用丘比形容她，是把她往高处夸，是个正面的形容。但她非常讨厌我喊她"丘比小姐"。她为什么会讨厌呢，我完全无法理解。

我还给她取过"牛魔王"的外号。著名的《西游

---

1 原标题如此。武田泰淳本人对这本书的分类是"小说"，卷末一篇特地标明"散文"。
2 人偶。丘比沙拉酱的代表形象。

记》中，出现了金角大王银角大王。这些强悍的怪物显得幽默，我喜欢它们，而且她属牛，所以给她取了外号。强悍是优点。绝不是缺点。我选了她的优点，琢磨出有趣的外号，但她却表示反对，还是因为"身体实在太好"这一要素过于浓厚。

听说，西方的丈夫称妻子为"Honey（亲爱的）"。像蜜一样甜的叫法。在一家食品超市，人们自己把买的东西放进超市提供的容器，拿到收银员那里，七十来岁的白人丈夫那样喊和他年纪相仿的妻子。一个小学生问我："那个人的名字是 Honey 吗？"就算地球迎来最后一天，我们也没法用那样的称呼。

有一次，我在电视上看到女演员的对谈，她若无其事地称丈夫为"Darling（亲爱的）"，虽然是别人家的事，我有种寒毛直竖的羞耻感。不管英语还是日语，要是丈夫被喊作和甜蜜不沾边的 Darling，会想要离家出走吧。与之相比，还不如对丈夫说："小烤肉，你要是个女的，可不会有任何人疼你。"

不久以前，有个奇怪的日语流行词，叫作"散一散"[1]，街上的孩子们嚷嚷着说"散一散""散一散"。接

---

[1] 原文为えんがちょ，看见不吉利的事物时说出并做手势，意思是"切断和不祥事物的联系"。

着又流行"蹬鼻子"[1]。"蹬鼻子"大概是"蹬鼻子上脸"的缩略,总之两个词似乎都表示"脏""讨厌"的意思。作为流行语,这两个词没有故意标新立异或是夸大其词,让人感到亲切。

于是,当我叫"丘比"她也不为所动时,我就喊她"丘比散一散"。于是,对方为了复仇,喊我"蹬鼻子大力水手"。不管取多少个诨名或外号,反正不花钱,所以不妨这样乐在其中(或苦在其中)。

"我们来刷刷一下吧?"老婆有时说。"刷刷"是指"刷刷地写"。就是说,是口述笔记的缩略语。刷刷一下,就等于在她的帮助下,有稿费进来,所以她想要刷刷一下。

比起又要思考又要写字,对我来说,只思考要轻松一些,而且就算我趴在一直摊着不叠的被子上,也能做。有时,她把夏目漱石的《虞美人草》写作《愚美人草》,而让她记下有美女(当然不是她)出现的场面,也让人不忍,不过她写的字比我的容易读,是真的。

她是个贪心的人,又喜欢钱,她自己想要刷刷一

---

[1] 原文为えげつ,是えげつない(露骨,不体面,恶毒)的缩略。

下。话虽如此,比起我求她做而她不情愿,她自发地踊跃提出,要好得多。我每次从上衣内袋拿出钞票,故意做样子,给两张还是给三张呢,她整张脸上现出贪心和对钱的爱,拿到钱的时候展颜一笑,我给出时的愉快也因此加倍。

如果她是个无欲无求又不爱钱的人(我不相信有这样的女性存在),就没劲了。那样的话,说要给钱,但我其实也是个小气鬼,就会不递到对方的手中,而是扔过去,让钞票像风中飘散的树叶。于是对方如同看穿了我的内心,冷笑着捡起钱,"你其实不想给。"

上林晓[1]在精神病院失去了妻子,田宫虎彦[2]则因癌症失去了妻子。之后,他们写下对去世的爱妻的回忆,产生了留在文学史上的杰作。那两人的确至今独身。虽然作者的心愿就是写出杰作,可我觉得,哪怕是恶妻也罢,只要老婆健康地活着就好。

"我要是死了,你马上会娶别人。你一定会。"她一边嘀咕,一边以仿佛永远不会死的食欲吃着东西。

---

[1] 上林晓(1902—1980),作家,主要创作私小说,描写妻子的《在圣约翰医院》是其代表作。
[2] 田宫虎彦(1911—1988),作家,其作品有描写知识青年苦闷的半自传作品和历史小说等。1956年,妻子田宫千代因胃癌去世。1957年,两人的书信集《爱的遗物》出版,成为畅销书。

看着这样的她,我想,娶一个老婆都够麻烦了,我还要娶两个三个吗?

她还说:"你只要一出门,马上就把我给忘了。"这意见没错。因为,我出国旅行三次,一封信也没往家里写。然而,银行、邮局、税务局、公寓车辆地皮的公司,还有学校等单位,所有的涉外关系,我都无从接触到,因此在家的时候,对她的身体康健,我一直心怀感激。一味发起吵架的也总是女方,丈夫只要沉默着做绅士状,就能消停。

我担心的是交通事故。占卜师对她讲过,你会死于交通事故。不久前,车子爆胎,差点落下悬崖。她晚上犯困,朝着对面来车的车灯驶去,在几分之一秒内从旁边穿过。身体好,也是一种危险。不过,还是感谢她身体好。

(《朝日新闻》1964年12月20日)

特别附录：野间文艺奖获奖词

武田百合子

12月22日，武田的"四九"做完了。在那之前不久收到获奖通知。我想，武田此刻，一定会非常高兴。要是他好好地活着，这种时候，会给我和女儿一人一张一万日元，说："晚上叫鳗鱼吃吧。"

五年前，他患了脑血栓之后的一段时间，他什么也不做，每天休养。接着，他一边担心着体力心力和大脑的运作，一边摸索着开始的，就是这项工作。"换行。引号——"我有种感觉，仿佛就在刚才，耳畔仍是他口述时的低而干涩的声音。不知不觉间攒成一本书的时候，他用双手捧着印好的书，有些高兴，有些害羞，又像在自我告诫般说了一句："不做就一事无成啊。做的话，还是有一本书。"是今年六月的事。

在此要感谢开始这项工作时成为一大助力的近藤信行先生，以及《海》编辑部。编辑部关心武田的身体，对连载和停载的自由、稿子页数的多少，都容许了我们的任性,还要感谢制作这本书的诸位。感谢各位评委老师,以及连载过程中不时给予鼓励的朋友、熟人和读者们。我代替武田,感谢你们。

(《群像》1997年1月号)

译后记：武田家宇宙的另一半

田肖霞

武田泰淳是日本第一次战后派作家的重要成员之一，也是散文作家武田百合子的丈夫。

第一次战后派作家，指的是 1947—1948 年崭露头角的作家。他们大多经历了战争，战争体验或明或暗地交织在其作品中。除了武田泰淳，还有野间宏、埴谷雄高、梅崎春生、椎名麟三等人。武田泰淳写过："我们这些第一次战后派，被看作是描写人类的极限状态的、夸张的哲学性的群体。"

在这里顺便提及另外两个概念，1948—1949 年出现在文坛的作家，被称作第二次战后派作家。国内读者较为熟悉的三岛由纪夫、安部公房、大冈升平等人，属于这一代际。无论是第一次还是第二次战后派，其主要创作多为长篇小说。之后，1953—1955 年涌现的作家被称作"第三新人"，其写作又回到日本文坛更早些时候的私小说和短篇小说的谱系，成员有小岛信夫、吉行淳之介、远藤周作和曾野绫子等人。

进入二十世纪五十年代后半，武田泰淳开始每年为多个文学奖担任评委。差不多也是从那时起，日本的写作者成为作家的途径变得单一：大部分情况下，作者先拿到某个新人奖，之后便能接到杂志和报纸的约稿。

1956年的第一届中央公论新人奖的得主是深泽七郎，获奖作品是《楢山节考》。这个奖项的前六期，评委阵容一直有武田泰淳、伊藤整和三岛由纪夫。中央公论新人奖在1965年暂时中断，同年，中央公论社创办谷崎润一郎奖。

与新人奖的选拔性质不同，一年一度延续至今的谷崎润一郎奖的官网页面上写着："谷崎润一郎历经明治、大正、昭和时代，活跃在文学的多个领域，为延续他的成就，设此奖项，彰显代表时代的优秀小说和戏剧。"

从第一届到第十二届的谷崎润一郎奖，武田泰淳一直是评委会成员（第十二届因病未参加评审会）。大冈升平、圆地文子、三岛由纪夫和伊藤整等人也是评委。由他们选拔出的作家与作品，至今仍闪耀于日本文学史，例如小岛信夫的《拥抱家族》、远藤周作的

《沉默》、大江健三郎的《万延元年的足球》。

除了当评委,武田泰淳自身的创作也曾获得若干奖项。1968年,《秋风秋雨愁煞人:秋瑾女士传》获艺术选奖文部科学大臣奖(评论及其他门类),泰淳拒绝了该奖项。1973年,《快乐》获日本文学大奖。1976年,《眩晕的散步》获野间文艺奖,此时泰淳已过世,由他的妻子武田百合子代为领奖和致辞。

武田泰淳与铃木百合子结婚是在1951年,按照习惯,百合子婚后改姓武田。

1964年春,泰淳五十二岁,百合子要到九月才满三十九岁,他们带着女儿武田花去到位于山梨县富士山麓的新建小屋,开始过一种东京与山梨两地往返的山居生活。武田花在念寄宿学校,学校假期以外的时间,山居生活大多只有夫妻俩。每当泰淳提议"去山里吧",百合子就会收拾食物和行李,开车进山。山中小屋被泰淳命名为"武田山庄",听起来风光,其实房子简朴,陈设也简单。冬天的山里极为寒冷,且购物不便,买东西得开车到附近的小镇。要说好处,则是能眺望山与院子的四时变化,而且可以暂时甩开在东京居住时不可避免的杂务与社交。

最初入住的时候,泰淳把一册别人给的日记本放在百合子面前，说："这个送给百合子。你来写日记吧。只在山上期间写就行。我也会写。我们轮着写吧。怎么样？这样你就会写吧？"百合子摇头。他又说："随便你怎么写都行。要是没东西写，也可以只写那天买的东西和天气。如果有好玩的事或者做了什么，写下来就行了。用不着在日记里抒情或反省。因为你是个不适合反省的女人。你只要一反省，就会耍滑头。百合子经常和我说话或自言自语，对吧？就像你说话那样写就行。你按自己容易写的方式写就行了。"

此后的十三年间，百合子只要在山里，就会写日记。泰淳和花偶尔也写。

武田泰淳于1976年10月去世，终年六十四岁。出于纪念，文学杂志《海》提出要做追悼特辑，征得百合子同意后，于1976年12月刊载《富士日记——今年的夏天》，从标题即可看出，内容是百合子1976年夏的日记，其中记述了泰淳最后的一整个夏天。翌年，杂志又连载了1964—1968年3月的日记。连载期间广受好评，于是，完整的十三年间的日记，在1977年作为《富士日记》出版，并获得田村俊子奖。

田村俊子（1884—1945）曾是风靡一时的女作家。以她的名字命名的文学奖是用她去世后的版税设立的，武田泰淳曾是第一届评委之一。历届获奖者有濑户内晴美（出家后改名为濑户内寂听）、森茉莉等人。这个针对女作者的奖项办了十七届，武田百合子的《富士日记》是最后一届的两部获奖作品之一。

可以说，至少在泰淳活着的时候，无论他本人还是百合子，都没想到，百合子不仅成了作家，而且她的作品会成为流传的经典。

两人婚姻生活的二十五年间，比泰淳年轻十三岁的百合子一直以"贤内助"的形象出现在人们的视野中。她打理家务，照顾女儿武田花，开车带泰淳采访，为他送稿件。泰淳晚年身体状况欠佳，她还为他担任口述笔记员。

就像武田百合子后来回忆的："我想，如果武田没死，日记本不会变成活字，会一直收在壁橱角落的纸箱里。武田会不会从彼岸说——'百合子，我走后，你这是做什么呀，真害臊。'"

武田百合子于1993年5月27日去世，留下五部作品。除了《富士日记》，还有《狗看见星星：苏联旅行》《语言的餐桌》《游览日记》《日日杂记》。1979年的《狗看见星星》获读卖文学奖。

武田泰淳与百合子的女儿武田花在成年后当了摄

影师，同时还是散文作家。她在 2017 年将母亲当年未收进单行本的作品做了整理，由中央公论新社[1]出版为《那时候》。

以上是对武田泰淳的双重身份的阐释，接下来，容我按时间顺序，以有限的篇幅讲述武田泰淳的人生历程。有时候，阅读作家留下的作品，读者能从字里行间听到来自过去的遥远回响，但更多的只属于作者本人的细节，很容易被时光的风沙掩埋。在此要感谢《武田泰淳传》（讲谈社，2005.12）的作者川西政明（1941—2016），他以巨大的耐心和多年的努力，将武田泰淳的人生做了既有纵深又有横向连接的呈现。

早在武田泰淳出生以前，他的人生道路便在某种意义上被确定。因为，他出生在僧人之家。关于他的家庭，需要将时间线稍微往前回溯——

净土宗的教育改革，在某种意义上改变了许多人的命运走向。

1887 年，净土宗定下二十六条学则，设立宗教学校和普通学校，后者接受普通人入校。9 月，在东京的

---

[1] 中央公论社于 1990 年代陷入经营危机，1999 年被读卖新闻社全资购买，2002 年成为读卖集团旗下的中央公论新社。

天光院设立净土宗学总校，并在全国设八处分校。爱知分校的创立也在同一年，此事离不开善应寺住持武田芳淳和昌光律寺住持深见志运的多方努力，建校后的第一任校长便由武田芳淳担任。

这一年，十三岁的大岛泰信（出家前名叫大岛国太郎）就读净土宗学爱知分校；十五岁的渡边海旭（出家前名叫渡边芳藏）就读净土宗学东京分校（后来的芝学园）。一个在爱知县，一个在东京，他们的共同点是出身贫穷但热爱学习，对于贫家子来说，成为僧侣是唯一的受教育途径。

他们后来都念了东京的净土宗学东京总校。总校的课程分为预科六年和本科两年，除了宗教学的相应知识，也涵盖英语、数学等普通学科。

在东京期间，泰信原来的师父过世，爱知分校校长武田芳淳成了他的师父，为他提供经济援助。泰信从总校毕业后，相继就读第一高等学校、东京帝国大学[1]文科大学哲学科。他在三十岁那年大学毕业，继续读研，同时担任净土宗教大学讲师。1910年，泰信任东京本乡区潮泉寺住持。除了履行僧侣职责，他后来

---

1 现在的东京大学。

也在宗教大学等校任教。

海旭的才学更高,早在就读总校期间,他就已经成为日本研究藏传佛教的先驱。赴德国留学期间,他熟练掌握了梵文。回国后,海旭任西光寺住持、芝中学校长。他对照原典重新校订《大藏经》,并担任净土宗宗务执纲(现在的宗务总长)。

渡边海旭以其学术素养和实际贡献,在日本佛教界堪称一方重镇。他的两个妹妹佳芽和素分别嫁给与他相熟的学者型僧人。其中,生于1885年的素被家人叫作"鹤子",她成了大岛泰信的妻子。

1912年2月,泰信与素的第三个儿子诞生,泰信将新生儿取名为"觉"。觉,意为佛理的"觉悟"。泰信的师父武田芳淳,以及渡边海旭,都执行了比一般净土宗僧人更严格的戒律,也就是戒色。关于武田芳淳的身后,大岛家早就与老师约定,等第二个儿子出生,让其继承武田芳淳的衣钵。武田芳淳在觉出生前一年过世,然而原本要过继的大岛家次子早夭,于是,觉从出生起,便改姓武田。

少时的觉是个病弱但顽皮的孩子。他的姨妈佳芽与潮江院住持赤尾白岭的儿子赤尾光雄熟谙中国古典文学,受到表兄光雄的影响,觉也对中国文学产生了兴趣。觉十八岁那年，父亲改任中目黑长泉院住持，一家人从漏雨的旧屋搬到了大寺。在旧制浦和高等学校念高中的觉开始亲近左翼，参与发传单，同时在第一外国语学校（私立夜校）学中文。1931年，十九岁的觉考入东京帝国大学文学部，就读支那文学科[1]，差不多前后脚，他拿到度牒，改名为泰淳。

1931年5月30日发生了一起事件，可以说，此事埋下了武田泰淳成为作家的种子。

泰淳与另一名同伴到东京中央邮电局发传单，呼吁邮局工作人员举行罢工。他因此被捕，被关押在本富士署将近一个月。父亲去看望泰淳，看守因此嘲笑泰淳为"红色和尚"。八月，泰淳被送去相熟的寺院进修，在那里读了《资本论》。翌年，他从大学退学，又一次被捕。左翼运动和僧侣修行在泰淳的生活中交替登场，二十一岁，他成了正式的僧侣，开始为同人杂志翻译中国作家的随笔，并写了第一部长篇《世界黑色阴谋物语》的开头（稿件不存）。这一年也就是1933年，舅舅渡边海旭去世，表兄赤尾光雄继承了海旭曾担任住持的西光寺。

---

[1] 在这里按照原有学科名，因其与现代的"中文系"有区别。当时该学科主要教授用和训法读中国的古典，并不注重实际的汉语能力。

1934年，由竹内好发起，创立中国文学研究会，泰淳加入其中。次年，《中国文学月报》（后改名为《中国文学》）创刊。泰淳与写过《一个女兵的自传》的谢冰莹结识，受到牵连，第三次被捕。这一次被捕直接导致泰淳脱离左翼运动。有关中国文学研究会的方方面面，感兴趣的人可阅读熊文莉的《日本"中国文学研究会"研究》（社会科学文献出版社，2017），其中有较为详细深入的介绍和剖析。

1937年，泰淳被征兵。他作为辎重兵于11月抵达中国杭州湾，其后辗转中国各地，1939年9月退役。回国后，泰淳写了处女作《庐州风景》（未发表，直到1947年改稿为《才子佳人》出版），也开始构想《司马迁》。

接下来的两三年，泰淳做了一些翻译，包括沈从文的文章，也写了若干文化随笔。快三十岁的人还要靠父母养活，毕竟憋闷，泰淳在1941年找了份工作，任职于日本出版文化协会（后改名为日本出版会）文化局海外课中国班。

由于竹内好的心态发生变化，中国文学研究会在1943年解散，《中国文学》停刊。这一年，泰淳的第一本书《司马迁》由日本评论社出版。这本书是泰淳对

《史记》的解读，引发了文化圈的热潮，泰淳因此与同人杂志《批评》的成员结识，包括山本健吉、河上彻太郎、中村光夫和吉田健一等。

1944年6月，泰淳又到了中国，这一次是为了逃避兵役，他接受了中日文化协会附属东方文化编译馆的聘用，任出版主任，工作地点在上海的马勒别墅。另一名赴上海工作的文学青年堀田善卫与泰淳成了好友。堀田善卫多年后出版的《在上海》（筑摩书房，1969）《堀田善卫上海日记沪上天下一九四五》（集英社，2008）中，不时出现旅居上海的泰淳的身影。"上海日记"中频频出现的另一个人，是已婚的中山怜子。

日本战败，泰淳和其他日侨一道聚居虹口，他靠为人代写中文文书过活。1946年2月，泰淳归国。堀田善卫继续留在上海工作。泰淳在东京重新遇见怜子。他曾旁观堀田善卫与怜子的爱情纠葛，未曾想，他也终于涉足其中，加上怜子的丈夫，以及比泰淳晚了近两年回国的堀田善卫，演变成一场四角恋爱。

也是在这段时期，泰淳在兰波咖啡馆遇到在店里当女招待的铃木百合子，他后来的妻子。

百合子是个有着蓬勃生命力、并不断用这份生命力感染他人的奇女子。她工作的"兰波"名为咖啡馆，兼售走私酒。开设这间店的是出版了不少诗集的昭森社，出版社与其他社合用的办公室就在楼上。楼下坐的大多数是文学青年和中年，泰淳也是熟客之一。

不妨借用泰淳后来的文字看看当时的百合子与兰波咖啡馆——

> 从前她在R酒吧工作，一到黄昏，肚子就饿得不行。站在那儿，腿就开始抖。这时，只要咕咚喝一口给客人的烧酒，她就感觉肚子饱了。她生出凛然的勇气，眼睛开始闪闪发光。她喝了"炸弹"，也喝了"辣眼"（醉意会像爆炸一样席卷全身，光是将嘴巴凑近酒，眼睛就像要裂开一样疼。也有人喝了之后失明）。
>
> 那间酒吧一直不缴税，每当税务员抱着包来催缴，老板率先从后门逃出去，接着，酒保也逃走了，她也逃了。税务员追赶在他们身后。他们弄翻了垃圾桶，像侦探剧一样，又是躲，又是害怕，兜圈子跑来跑去。

根据僧籍薄，泰淳从1946年起任西光寺住持，兼任潮江院住持。这两处寺院原本是表兄赤尾光雄负责的，因表兄去世，留下几个年幼的女儿，姨妈不愿家业落入外人手，所以让泰淳任住持作为过渡。泰淳不怎么管寺里的事务，一心只想写作。1947年，他的一则中篇《审判》发表在《批评》。战后，有过战场经历的作家在小说中做出忏悔，据传记作者川西政明的说法，泰淳是孤例。

因为不想一直靠家里接济，泰淳接受了北海道大学中国文学方面的教职。在他离开东京前，1947年10月10日这天，他和百合子在横滨中华街见面，百合子或许是为了挽留泰淳，忽然提起，她的外公是"铃辩杀人事件"中横死的铃木辩藏。

那是一起曾震动整个日本的事件。1919年（大正8年）6月6日，在新潟县的信浓川畔，有人发现了一只装满尸块的行李箱。警方很快查明，死者是横滨的进口米商人铃木辩藏，杀人者则是农商务省进口米部门的技师山田宪及其同伙。

山田宪后来辩称，铃木辩藏是囤积居奇的无良商人，他的目的是为民除害。事实上，他曾向铃木辩藏借款五万日元，在当时，该数额是一笔巨款。

百合子没有对泰淳表明的则是，她的父亲是入赘，在铃木辩藏的女儿去世后再娶，第二任妻子就是她的母亲。她虽然姓铃木，与她出生前就已死去的辩藏并无血缘关系。

泰淳还是如约去了北海道。百合子讲的故事在他作为小说家的心中不断膨胀，演变成几篇小说：《吃东西的女人》(《玄想》, 1948.10)《未来的淫女》(《别册文艺春秋》第 13 号, 1949.10)《血与米的故事》(《风雪》, 1949.11)。其中的女主角房子，不难看出百合子的影子。这期间，泰淳与怜子的恋爱告终，怜子结束上一段婚姻，与堀田善卫结婚。至于泰淳，他在北海道的教学工作只持续了短短半年。1948 年 5 月，泰淳形同逃跑一般返回东京，搬进百合子位于神田的租屋。不妨认为，摆在泰淳面前的，只剩下写作一条路。

1948 年夏，泰淳和创办《近代文学》的埴谷雄高等人建立起友谊。12 月，中短篇集《爱的形式》由八云书店出版，可以说，这部小说的大部分情节基于泰淳、善卫和怜子等人的纠葛。

泰淳与百合子的同居生活持续了三年多，其间搬过几次家，因为泰淳一直不想要孩子，百合子四次堕胎。1951 年 10 月，武田花降生，两人才正式结婚。

前面提到的《未来的淫女》《血与米的故事》，明显可看出内容指涉铃木家的旧事，这让百合子的兄弟们感到不安，弟弟铃木修专程来找泰淳，让他不要再写。原本的长篇构想因此被搁置，这两篇也未收入泰淳晚年的全集。

泰淳并非传统意义上的私小说作家，不过他仍然有不少作品是从真实体验出发。作家在创作中的"材料"，常常是从童年到青年的经历。当写作开始成熟，生活也相对变得静止，除了特意采访，很难再积累到鲜活的第一手经验。

对泰淳来说，他的核心体验包含僧侣与左翼、中国经验，进一步延伸，还有在北海道的短期经历，他在那时接触到的阿伊努学者，为他后来最重要的作品埋下伏线。他的创作量颇丰，其中，无论是不断再版的《司马迁》，还是另外几部受众较广的小说，都与他个人经历的独特性不可分割。

和当时不少日本作家类似，泰淳除了抽烟、喝酒，还服用"希洛苯"（Philopon），一种甲基苯丙胺药物。这种药后来被日本政府取缔，但后果早已酿成。惯于依赖药物的作家们，有不少走上混乱的道路。如田中英光，因太宰治之死受到打击，安眠药成瘾，于翌年自杀。至于泰淳，一直到去世为止，他都离不开酒精——写得越多，喝得越多，不喝，他就无法写。

如果逐一列举泰淳辞去教职专事写作之后的作品，未免过于冗长。以下按时间顺序，谈一下主要的几篇。

1952年，泰淳四十岁，正式辞去寺院住持的头衔。从1月起，他在《群像》连载《风媒花》。这是一部以中国文学研究会同人为主角的小说。现实中的中国文学研究会在1946年重新成会，《中国文学》复刊，竹内好向他们发出堪称檄文的八条主张，大意就是，不清算历史，不能草率复刊。对其他人而言，他们重组与复刊，多少是为了表达欢迎竹内好回归的善意，没想到迎来当头一棒。经历过北京留学、后来被送上战场的竹内好，最终成了鲁迅的门徒。他对中国乃至中国文学的认识，无疑和其他人有着温差。另一方面，泰淳也必须以他自己的方式对过往做出总结，其成果就是《风媒花》。

百合子再一次以女主角"蜜枝"的形象出现在小说中，男主人公峰三郎是个写色情小说的作家，在上海待到日本战败，他无疑是泰淳本人的影子，而竹内好和中国文学研究会诸人，乃至百合子一头扑进共产主义的大学生弟弟，纷纷化作书中人物。开篇是咖啡馆的同人聚会，来了一名不速之客，带有国民党色彩的中国文人。聚会不欢而散，每个人身上若隐若现的战争余痕是龃龉的源头。其中一名成员喝醉后试图帮助被人砸店的中餐馆老板，和警察纠缠时，扣动了警察佩枪的扳机。另一边，蜜枝的前男友，中日混血的美貌青年三和田正在为右翼势力效力。三和田的立场飘忽，他的靠山筹备送武器和"人弹"去台湾的同时，他和同伴在美军管理的军需工厂下毒，试图破坏生产。小说中的男人，从峰三郎到三和田，无不具有自毁的倾向。泰淳借峰三郎的口说出："我感到，我只要活着，就一定是某种杀人犯的同伙。"与之相对，蜜枝以全副身心活着，近乎盲目地挥洒爱情，给阴郁的故事投下一束光。通过描写中国文学研究会这一特殊团体在战后的种种情形，泰淳似乎试图向他心中的"中国"告别。事实上，他之后的创作很少涉及具体的中国经验，直到晚年的《上海之萤》。

这一年，大岛家发生了变故。大岛泰信于3月去世。泰淳一家三口搬到藤泽。

1953年初，泰淳带着妻子女儿回到目黑长泉院，陪伴母亲。泰淳的哥哥大岛泰雄此时是大学教授，主攻水产学，泰淳当然也不肯继承寺院。最终由和他们平辈的亲戚兼任住持。夏天，泰淳用了一个月的时间在北海道各地采访。他最初的意图是写一部以阿伊努

译后记：武田家宇宙的另一半

学者知里真志保为主人公的小说。真志保是泰淳在北海道教书时的熟人，也是《分类阿伊努语词典》的编者。就在泰淳抵达前，研究阿伊努文化的学者们，日本人与阿伊努人，在学会上有些冲突，真志保完全没有接受采访的心情。泰淳只能放弃原先的计划，请另外几名学者带他参观北海道的阿伊努聚居点。

由这趟北海道之行诞生了两部作品，分别是中篇《光藓》和长篇《森林与湖的庆典》。

《光藓》发表于1954年的《新潮》3月号，同题中篇集将成为泰淳被阅读最多的作品。和他之前的作品一样，这篇小说也交汇了真实与虚构。

小说分为三个部分，让人想起日本传统戏剧的"序破急"结构。

开篇是作家"我"在北海道罗臼村的游记。当地一位校长带"我"去水上洞窟"麦卡乌西"——洞窟名是阿伊努语，意为"有大量的蜂斗菜"。据说洞中有发光的苔藓，"我"比本地的校长更迅速地发现光藓神秘的金绿色。回程，校长聊起战争期间发生在北海道的一起船难及随后的食人轶事，仿佛仅仅是作为谈资，语气轻快。无论以怎样的方式谈论，事件本身是沉重的，"我"作为外来者想要知道更多细节，于是校长介绍了一名当地青年 S，S 写的乡土史对事件有详细的描述。

——以上部分可以说是泰淳的北海道旅行的实录。现实中，泰淳在校长的介绍下去找《罗臼村乡土史》的作者，写书的青年经营一间杂货店，当日忙于杂务，和泰淳的交谈很短。乡土史作者后来回忆道，书是私人出版物，印了一百本，都卖掉了，自己并未留存，也就没能送泰淳，不过泰淳显然看过书。

被写进《罗臼村乡土史》的事件，核心地点并非罗臼村，而是知床岬，阿伊努语的"培金鼻"，意为"裂开的海岬"。1944 年 12 月 3 日，六艘民船被军队征用，从北海道的根室港出发，其中的第五清迈丸号发生故障并触礁。时值冬季，唯有弃船到不远的岸上才能活命。最终，八名船员中，只有二十九岁的船长和一名十八岁的水手顺利登岸，找到一座空置的渔夫小屋避难。翌年春天，船长踏上靠近海岸的流冰，步行到罗臼村的渔民家，此时已是 2 月 3 日。船长声称他和水手在小屋靠吃海豹肉活下来，水手于上个月不幸坠崖身亡。警方听了这番说辞，对船长产生怀疑，然而事情被军部压下。5 月 13 日，有人发现了装在苹果纸箱内的遗骨……

小说中,"我"读了 S 写的《罗臼村乡土史》,将其改写成剧本。第一幕:麦克乌斯洞窟(需要注意的是洞窟名与"我"去过的很像但不同);第二幕:法庭的场面。

剧本开始前,泰淳借"我"的口吻写道——

> 总之,培金事件,一定会被诸位"文明人"判定为珍奇又残忍的,这一题材好像不太会受到读者欢迎,而我必须设法给予它一种文学上的表达。我想了一条苦肉计,将这起事件呈现为戏剧。是因为,"阅读戏剧"这一形式不会过多地受到现实主义的禁锢,也就是以不那么栩栩如生的方式,最终能够通过无数的路径,与读者各自的生活感情悄然连接。这部无法上演的"戏剧"的读者既是读者,同时还请诸位将自己当作自成一派的导演。

第一幕,先是四名幸存者,然后变成三个人,继而只剩两人。其间发生了什么,其后将要发生什么,都在北海道方言的对话中呈现。对话不长,分明勾勒出各人的性格,以及人在绝境之下的善恶。观众会看到，某些时刻，食人者背后出现了光藓般的绿色光轮。

第二幕则是法庭的情景。奇异的是，法庭上的船长带着悲悯，和第一幕中简直不像一个人。最后，船长对法庭的众人说："我的脖子背后，有一个光轮。请仔细看。仔细看就能看到。自己带有光轮的人，是看不到的。犯下了**那个**的人，是看不到的。"此时，本该看见光轮的检察长、法官、律师以及旁听的男男女女，脖子后面都出现了同样的光轮。让人毛骨悚然的一幕。罪人背后的光轮，与泰淳早年一篇小说《异形的人》（《展望》，1950.4）中的佛背光极其相似。

这一年，讲谈社出版了四卷《武田泰淳作品集》。《光藓》被收在新潮社出版的《美貌的信徒》中。此后短篇集改名为《光藓》，多次再版。这篇小说的影响太大，以至于1944年的惨事后来被称作"光藓事件"，而人们对船长的看法很大程度上受到小说的决定性影响。泰淳笔下"无法上演的'戏剧'"其实很适合搬上舞台和银幕，《光藓》多次被搬上舞台，除了话剧，还有歌剧，同名电影于1992年上映。

《森林与湖的庆典》是一部长篇，从1955年到1958年连载于《世界》。故事发生在北海道阿寒地区，透过几名阿伊努人与日本人之间的纠葛，讲述整个阿伊努民族的凋零。这部小说在 1958 年底被改编为电影上映。

在寺里住了四年后，抽签运向来不错的泰淳抽到了公团住宅，于是一家三口在 1957 年底搬到杉并区上高井户。楼房密集的公团住宅有点像中国的老公房小区，泰淳让女儿就读附近的基督教小学，一家人很快习惯了新居的生活。

1959 年在《中央公论》连载的《贵族的台阶》以二·二六事件为蓝本。1960 年到 1964 年，《新潮》连载了《快乐》。

"快乐"的读音不是日语通常的 kairaku，而是佛经用语，keraku。意思是解脱烦恼。用泰淳自己的话说："身心快乐，如入禅定。"这不是泰淳第一次描写僧侣与现实世界的龃龉。明显有自传意味的小说中，少年僧人柳是泰淳自己，他的父母、舅舅和表兄等人也纷纷登场。根据泰淳的构想，后半要引入一起实际发生过的抢劫事件。泰淳在晚年想要采访当事人，重续这篇未完成的小说，计划因他的突然离世而搁浅。

1960 年底又有一次迁居。搬家的主要原因是公团住宅旁边有家面包厂，传来的气味和声音极大地干扰了泰淳的写作。新居位于赤坂。当时的赤坂并非如今的繁华场所，公寓对着神社的悬崖底下，泰淳凌晨开灯写稿，神社的鸡以为天亮了，在黑暗中开始打鸣。泰淳对百合子说："我感觉就像自己干了坏事被发现了，窘得很。我在方格稿纸上填字，一页一页地写小说，就像一张一张地做假钞啊。"

1961年，应中国对外文化协会邀约，泰淳与堀田善卫等人访问中国。1964年，这次是应中国作家协会的邀请，泰淳又与大冈升平等人同赴中国。这一年也是武田一家在"武田山庄"山居岁月的开始。

1967年，泰淳在《展望》连载《秋风秋雨愁煞人：秋瑾女士传》。连载期间，他有过一次应中国作协邀请的访问，参观行程中包含绍兴的鲁迅故居和秋瑾故居。1968年，《群像》8月号刊载《我的孩子基督》，又一篇诘问宗教本源的小说。

1969年，《每日新闻》用半年的时间连载《新·东海道五十三次》。为了写这一系列的文章，由百合子开车，带着泰淳和报社的编辑，沿着东海道一次次探寻历史与现代的叠合。连载刚结束，泰淳、百合子和竹内好一起参加"白夜祭与丝绸之路之旅"，从苏联境内走丝绸之路的一部分。泰淳这一年五十七岁，由于长期滥用止痛药和饮酒，他的身体很弱，除了收集资料，不怎么爱出门。他决定走一趟长旅行，可能出于某种预感，以后不会再有机会与妻子和好友一道出行。

10月，泰淳晚年最重要的长篇《富士》开始在中央公论社新办的文学杂志《海》连载，一直到1971年6月。这部小说发生在位于富士山麓的精神病院，时代背景是"二战"期间。在医院工作的主人公"我"照例带有泰淳的影子，另一位主人公——曾是精神科医学生却成了医院患者的美貌青年一条实见——被不少人解读为三岛由纪夫。全书最后，一条实见死去，稿子尚未刊出，三岛自杀，虚构的世界与现实发生了奇异的映照。序章与终章"神之饵""神之指"与故事主线分离，带有哲学性的思辨。

写作《富士》对泰淳的体力和精力是一项极大的挑战。武田百合子在《富士日记》中的记述可佐证：

> 从昭和44年（1969年）的夏末，武田开始写《富士》。他的酒量变大了。之前我去酒水店大多买易拉罐啤酒、瓶装啤酒，改成买各种各样的酒，威士忌、白兰地、烧酒、葡萄酒。有人对他说，毕竟不比年轻的时候，要选好酒，只喝好酒，对身体好，他只是点点头，没听进去。或许他在

心里顽固地摇头。他说:"喝过好酒,喝便宜酒,会'哗'地喝醉,醉的方式完全不一样。好就好在那种落差。"(昭和49年附记)

和泰淳同样是战后派且年龄相仿的大冈升平,他最为人所知的战时经历被写入1948年出版的处女作小说《俘虏记》。身为译码员的他因疟疾陷入昏睡,醒来时发现战争已结束,而自己置身于莱特岛的俘虏医院。受这段经历影响,他的作品有着一贯的反战精神。与《富士》的发表年代相近,大冈升平在1967年到1969年间于《中央公论》连载《莱特岛战记》。

曾经不断书写上海过往的堀田善卫的注意力逐渐转移到他处,一方面也是因为他在国际写作事务上的活跃。1959年,他就任亚非作家会议日本评议会事务局长,后来与让-保罗·萨特成为好友。1962年在开罗举办的第二届亚非作家会议,他和泰淳都出席了,之后一起从埃及到西班牙等地旅行。1971年,由筑摩书房出版《方丈记私记》。后来,宫崎骏在多年间一直想将此书做成动画电影,尚未实现。

至于埴谷雄高,早在1945年,《近代文学》创刊号刊登了他最重要的作品《死灵》的第一章。这是一部形而上学的思辨小说,其写作中断多年,到 1975 年才发表第五章。

1971 年 10 月 22 日,在第七届谷崎润一郎奖颁奖仪式上,泰淳忽然说不出话。是糖尿病导致的脑血栓症状,而他不自知。确诊要到 11 月住院。出院后,右手留有麻痹,泰淳的写作量锐减,只偶尔口述,让百合子替他记录评论文章。泰淳养病的日子,百合子的家务增多,几乎无暇写日记。一直到 1974 年,泰淳才恢复创作,以口述笔记的形式,用两年时间在《海》连载《眩晕的散步》,同样在《海》,1976 年开始连载他的自传性作品《上海之萤》。

泰淳讨厌去医院,1976 年 3 月,他急剧消瘦,家人以为是脑血栓后遗症,并未留意。异变出现在 9 月。百合子请了《海》的编辑们帮忙,将泰淳从赤坂的公寓送到医院。从 9 月 20 日住院到 10 月 5 日去世,泰淳本人像是对病情一无所知,他醒着的时候精神尚佳,还与来探视的朋友们开玩笑。他留下简短的交代,万一有不测,不要搞盛大的葬礼,除了至亲,只让大冈升平、埴谷雄高和竹内好参加就够了。

医生认为泰淳患的是肝癌,等他去世后解剖才发现，是胃癌转移到肝脏。

泰淳的葬礼上，一群上了年纪的僧人，都是他的亲戚，一直在唱他最喜欢的《六时礼赞》。他们喊着他幼时的名字，觉。

一年后，竹内好去世。正如泰淳预想的，和百合子还有竹内好的三人旅行，是第一次，也是最后一次。

大冈升平于1988年亡故。他到了晚年仍有旺盛的好奇心，读新一代作者的漫画，听摇滚乐，其日常在日记文学《成城来信》（文艺春秋，1981—1986）中多有体现。他去世那年由筑摩书房出版的《小说家夏目漱石》获读卖文学奖。

埴谷雄高去世是在1997年，享年八十八岁。原定写十二章的《死灵》终究没写完，只写了九章。

1998年，堀田善卫在八十岁生日后两个月去世。日本读者提起他，主要是《方丈记私记》《戈雅》（新潮社，全4卷，1974—1977）以及一系列关于西班牙的书。中国近年来翻译引进他的作品，必定提及他对宫崎骏的影响。

属于武田泰淳和他的朋友们的时代逐渐成为过去。不过，作家只要有作品留下，总会在某个瞬间，被有心或无意的读者阅读，从而造就新的回响。

译后记：武田家宇宙的另一半

作为读者,我最初对武田泰淳的了解全部来自《富士日记》。也就是说,我一直透过百合子的视线目睹她丈夫的一举一动。泰淳凌晨起床写稿,抽大量的烟,外出兜风时兴冲冲地捡了火山石,准备放在院子里。因为牙不好,喜欢吃方便咀嚼的食物。比武田家晚几年,大冈升平一家也在附近盖了消夏的居所。两家都在山里的时候,常相互走动,泰淳每次还提防着不让百合子多喝酒。

最初说是"轮流写"的日记,实际上只有十余篇来自泰淳。

例如,1965年4月9日,百合子关于购物和院子里梅树的记录后,出现了一段泰淳的手记。武田家当时养了只叫作波可的小狗,波可不被允许到泰淳的工作间玩,工作间比房间高出一截,设有被炉。泰淳把擤过鼻子的纸往垃圾桶扔,有时扔偏了,落在房间一角,波可把上半身探进去,努力去够那团纸。

> 它的前腿短,所以怎么也够不到。光是发出脚爪和榻榻米摩擦的嗞嗞声,无论它怎么焦灼,都够不到纸团。并不是需要那么拼尽全力去获得的东西,它不顾一切想用前爪够的样子很可爱。

有时,它长时间地咬着被我的鼻涕沾湿的纸(大概因为有盐分吧),玩那团纸,最后把纸吃掉大半,大多数时候,它叼着纸跑开,马上就不玩了。我经常想,倘若神在眺望人拼尽全力的行为,其心情,大概就像我对波可的举动感到好笑一样吧。

寥寥数语间出现了"神",是泰淳一贯的风格。
武田家夫妻相处的情形,也可从武田百合子的《日日杂记》(中央公论社,1992;中文版:北京日报出版社,2022)端详一二——

每年八月半,接近旧历盂兰盆节的时候,山居内外就会异常地出现一大群看起来湿乎乎的大苍蝇。丈夫把两只苍蝇拍放在座位右边,每天用。(至于为什么会有两个,是因为有些聪明的苍蝇会停在苍蝇拍上,很难打到,所以需要另一只拍子。)每当他对着稿纸绞尽脑汁时,便拿起苍蝇拍仔细打量,把它的柔软度、形状、大小、轻盈,一样样夸过来,然后睨着我说:"听好了,你可别小看苍蝇拍!"明明我对苍蝇拍没有任何想法。

对鲷鱼烧也同样。他咬一口,把表面和馅看

了又看,冲着我以严峻的口吻说道:"可别小看鲷鱼烧。"

"我又没小看。今后也不会。"尽管我这样回答,他仍然一脸怀疑地久久地盯着我。

2020年秋到2021年春,我翻译了武田百合子的《日日杂记》,并写了一篇讲述她的人生历程的文章《口述笔记员的声音》(收录在《单读:明亮的时刻》,上海文艺出版社,2021)。随着对武田百合子了解越多,越发分明地感到,武田一家其实是不可分割的整体,泰淳、百合子与花,构成一个小小的宇宙。《富士日记》成为日本多年长销不衰的经典,不仅因为武田百合子的人格魅力与文笔,更因为武田家的山居岁月就像一部跨度极长的纪录片:年复一年,泰淳进山透口气,念寄宿学校所以只有假期和爸妈在一起的花逐渐长大,在这期间,泰淳的衰老也历历在目。读者在阅读的过程中仿佛成了武田家的邻人,陪他们一道走过十三年的时光。

正是因为这份难言的无比切实的陪伴感,让我萌生一个念头,想要把武田泰淳的作品译介到国内,作为"武田家宇宙"的补充。读了几部泰淳作品后,觉得最合适的还是《眩晕的散步》。此书读来轻快，并不真的"轻"，既有个人史，也不时闪现厚重的背景。

这是泰淳晚年完成的最后一部作品，他口述，百合子书写。一则则看似随性的散步记录，内部的时间凝缩了作家的一生，那是重返过去的记忆之旅，也不时穿插真实的游记，例如前些年与百合子和竹内好一同走过的苏联各地。

关于口述的情形，泰淳本人在书中写道：

> 比起又要思考又要写字，对我来说，只思考要轻松一些，而且就算我趴在一直摊着不叠的被子上，也能做。有时，她把夏目漱石的《虞美人草》写作《愚美人草》，而让她记下有美女（当然不是她）出现的场面，也让人不忍，不过她写的字比我的容易读，是真的。

泰淳过世的那年，百合子在与深泽七郎的对谈中说，两人做口述笔记的过程不像别人以为的那么一本正经，当她听错了写错字，泰淳会发怒，她比他更生气。中间她有时吃零食，泰淳一直在喝啤酒，她心头火起，也拿了杯子倒酒喝。"就是说，我是打字机对吧？但打字机渐渐变得放肆，说什么'孩子爸，这里加点景色'（笑）。这一来，武田也说，'那就写景'……现在想来，对读者是失礼的。"

《眩晕的散步》获野间文艺奖，百合子代为领奖。埴谷雄高在颁奖典礼的致辞中说道："此处进行的不是通常意义上的口述，而是真正的合作。"

在此要感谢上海文艺出版社的肖海鸥女士，没有她的努力，就不会有这本小书。

最后需要说明，《眩晕的散步》被泰淳归类为"小说"，以他一向真假参半的写作风格，其中说不定有虚构的成分。按国内读者的阅读习惯，仍将其放在散文的门类。

图书在版编目（CIP）数据

眩晕的散步 /(日) 武田泰淳著；田肖霞译. -- 上海：上海文艺出版社, 2024
ISBN 978-7-5321-8937-3
Ⅰ.①眩… Ⅱ.①武… ②田… Ⅲ.①散文集－日本－现代 Ⅳ.①I313.65
中国国家版本馆CIP数据核字(2024)第008556号

MEMAI NO SURU SANPO
BY Taijun TAKEDA
Copyright ©1976, 1978, 2018 Hana TAKEDA
Original Japanese edition published by CHUOKORON-SHINSHA, INC.
All rights reserved.
Chinese (in Simplified character only) translation copyright © 2024 by Shanghai Literature & Art Publishing House
Chinese (in Simplified character only) translation rights arranged with
CHUOKORON-SHINSHA, INC. through BARDON CHINESE CREATIVE AGENCY LIMITED, HONG KONG.
著作权合同登记图字：09-2021-1073

发 行 人：	毕 胜
责任编辑：	肖海鸥
封面设计：	张卉 / halo-pages.com　　辑封插画：默 音
封面插画：	谷盼盼　　内文制作：常 亭

书 　名：	眩晕的散步
作 　者：	[日] 武田泰淳
译 　者：	田肖霞
出 　版：	上海世纪出版集团　上海文艺出版社
地 　址：	上海市闵行区号景路159弄A座2楼 201101
发 　行：	上海文艺出版社发行中心
	上海市闵行区号景路159弄A座2楼206室 201101 www.ewen.co
印 　刷：	苏州市越洋印刷有限公司
开 　本：	1092×787 1/32
印 　张：	7.75
插 　页：	2
字 　数：	116,000
印 　次：	2024年5月第1版 2024年5月第1次印刷
I S B N：	978-7-5321-8937-3/I.7040
定 　价：	52.00元
告 读 者：	如发现本书有质量问题请与印刷厂质量科联系　T:0512-68180628